Ullstein

DER AUTOR:

Gerhart Hauptmann wurde am 15. 11. 1862 in Ober-Salzbrunn/Schlesien geboren. Der Sohn eines Gasthofbesitzers besuchte von 1874–78 die Realschule am Zwinger in Breslau und verbrachte danach ein Jahr als Landwirtschaftseleve in Lederose bei Striegau. Studien der bildenden Kunst, der Naturwissenschaften und Philosophie in Breslau, Jena, Rom und Dresden schlossen sich an. 1884 zog Hauptmann nach Berlin, studierte zwei Semester Geschichte und nahm nebenher Schauspielunterricht. Ein Jahr später heiratete er die Großkaufmannstochter Marie Thienemann. Von 1885–89 lebten sie in Erkner bei Berlin. Hauptmann etablierte sich als freier Schriftsteller, der dem naturalistischen Drama zum Durchbruch verhalf. 1904 ließ er sich scheiden und heiratete im selben Jahr Margarete Marschalk. Es folgten verschiedene Reisen, u. a. nach Amerika und Griechenland. 1912 wurde ihm der Nobelpreis verliehen. Kurz vor seiner geplanten Rückkehr nach Berlin starb Gerhart Hauptmann am 6. 6. 1946 in Agnetendorf/Schlesien.

Gerhart
Hauptmann

DER KETZER VON SOANA

Erzählung

Ullstein

ein Ullstein Buch
Nr. 23942
im Verlag Ullstein GmbH,
Frankfurt/M – Berlin

Ungekürzte Ausgabe
Der Text folgt der im Propyläen Verlag erschienenen Centenar-Ausgabe:
Gerhart Hauptmann,
Sämtliche Werke in elf Bänden.
Herausgegeben von
Hans-Egon Hass (†),
fortgeführt von Martin Machatzke
und Wolfgang Bungies

Umschlagentwurf:
Hansbernd Lindemann
unter Verwendung eines Gemäldes
von Julius Muhr,
bildarchiv preußischer kulturbesitz

Printed in Germany 1996
Gesamtherstellung:
Ebner Ulm
ISBN 3 548 23942 0

April 1996
Gedruckt auf alterungs-
beständigem Papier mit
chlorfrei gebleichtem Zellstoff

Weitere Prosatexte
des Autors
bei Ullstein:

Das Abenteuer meiner Jugend (23167)
Im Wirbel der Berufung (23353)
Der Narr in Christo Emanuel Quint (23446)
Atlantis (23610)
Bahnwärter Thiel (23755)
Phantom (23940)
Wanda (23941)
Das Buch der Leidenschaft (30302)
Die Insel der Großen Mutter (30333)
Der Schuß im Park (23968)

Theaterstücke
des Autors
bei Ullstein:

Der Biberpelz (23426)
Fuhrmann Henschel (23555)
Die Ratten (23563)
Vor Sonnenaufgang (23564)
Vor Sonnenuntergang (23565)
Die versunkene Glocke (23765)
Einsame Menschen (23939)
Und Pippa tanzt! (23943)
Rose Bernd (23958)
Gabriel Schillings Flucht (23959)

Hans Schwab-Felisch, Gerhart Hauptmann: Die Weber (22901)

Die Deutsche Bibliothek –
CIP-Einheitsaufnahme

Hauptmann, Gerhart:
Der Ketzer von Soana : Erzählung /
Gerhart Hauptmann. – Ungekürzte
Ausg. – Frankfurt/M ; Berlin :
Ullstein, 1996
(Ullstein-Buch ; Nr. 23942)
ISBN 3-548-23942-0
NE: GT

Reisende können den Weg zum Gipfel des Monte Generoso in Mendrisio antreten oder in Capolago mit der Zahnradbahn oder von Bissone aus über Soana, wo er am beschwerlichsten ist. Das ganze Gebiet gehört zum Tessin, einem Kanton der Schweiz, dessen Bevölkerung italienisch ist.

In großer Höhe trafen Bergsteiger nicht selten auf die Gestalt eines brilletragenden Ziegenhirten, dessen Äußeres auch sonst auffällig war. Das Gesicht ließ den Mann von Bildung erkennen, trotz seiner gebräunten Haut. Er sah dem Bronzebildnis Johannes des Täufers, dem Werke Donatellos im Dome zu Siena, nicht unähnlich. Sein Haar war dunkel und ringelte über die braunen Schultern. Sein Kleid bestand aus Ziegenfell.

Wenn ein Trupp Fremder diesem Menschen nahe kam, so lachten bereits die Bergführer. Oft, wenn dann die Touristen ihn sahen, brachen sie in ein ungezogenes Gebrüll oder in laute Herausforderungen aus. Sie glaubten sich durch die Seltsamkeit des Anblicks berechtigt. Der Hirte achtete ihrer nicht. Er pflegte nicht einmal den Kopf zu wenden.

Alle Bergführer schienen im Grunde mit ihm auf gutem Fuße zu stehen. Oft kletterten sie zu ihm hinüber und ließen sich in vertrauliche Unterredungen ein. Wenn sie zurückkamen und von den Fremden gefragt wurden, was das für ein seltsamer Heiliger sei, taten sie meist so lange heimlich, bis er aus Gesichtsweite war. Diejenigen Reisenden aber, deren Neugier dann noch rege war, erfuhren nun, daß dieser Mensch eine dunkle Geschichte habe und, als der »Ketzer von Soana« vom Volksmund bezeichnet, einer mit abergläubischer Furcht gemischten zweifelhaften Achtung genieße.

Als der Herausgeber dieser Blätter noch jung an Jahren war und das Glück hatte, öfters herrliche Wochen in dem schönen Soana zuzubringen, konnte es nicht ausbleiben, daß er hin und wieder den Generoso bestieg und auch eines Tages den sogenannten Ketzer von Soana zu sehen bekam. Den Anblick des Mannes aber vergaß er nicht. Und nachdem er allerlei Widersprechendes über ihn erkundet hatte, reifte in ihm der Entschluß, ihn wiederzusehen, ja ihn einfach zu besuchen.

Der Herausgeber wurde in seiner Absicht durch einen deutschen Schweizer, den Arzt von Soana, bestärkt, der ihm versicherte, wie der Sonderling Besuche gebildeter Leute nicht ungern sehe. Er selber hatte ihn einmal besucht. »Eigentlich sollte ich ihm zürnen«, sagte er, »weil mir der Bursche ins Handwerk pfuscht. Aber er wohnt so hoch in der Höhe, so weit entfernt und wird Gott sei Dank nur von den wenigen heimlich um Rat gefragt, denen es nicht darauf ankäme, sich vom Teufel kurieren zu lassen.« Der Arzt fuhr fort: »Sie müssen wissen, man glaubt im Volk, er habe sich dem Teufel verschrieben. Eine Ansicht, die von der Geistlichkeit darum nicht bestritten wird, weil sie von ihr ausgegangen ist. Ursprünglich, sagt man, sei der Mann einem bösen Zauber unterlegen, bis er dann selbst ein verstockter Bösewicht und höllischer Zauberer geworden sei. Was mich betrifft, ich habe weder Klauen noch Hörner an ihm bemerken können.«

An die Besuche bei dem wunderlichen Menschen erinnert sich der Herausgeber noch genau. Die Art der ersten Begegnung war merkwürdig. Ein besonderer Umstand gab ihr den Charakter einer Zufälligkeit. An einer steilen Wegstelle fand sich nämlich der Besucher einer hilflos dastehenden Ziegenmutter gegenüber, die eben ein Lamm geworfen hatte und dabei war, ein zweites zu gebären. Das vereinsamte Muttertier in seiner Not, das ihn furchtlos anblickte, als ob es seine Hilfe erwartet habe, das tiefe Mysterium der Geburt überhaupt, inmitten der übergewaltigen Felsenwildnis, machten auf ihn den tiefsten Eindruck. Er beschleunigte aber seinen Lauf, denn er schloß, daß dieses Tier zur Herde des Sonderlings gehören müsse, und wollte diesen zu Hilfe rufen. Er traf ihn unter seinen Ziegen und Rindern an, erzählte ihm, was er beobachtet hatte, und führte ihn zu der Gebärenden, hinter der bereits das zweite Ziegenlämmchen, feucht und blutig, im Grase lag.

Mit der Sicherheit eines Arztes, mit der schonenden Liebe des barmherzigen Samariters ward nun das Tier von seinem Besitzer behandelt. Nachdem er eine gewisse Zeit abgewartet hatte, nahm er jedes der Neugeborenen unter einen Arm und trat langsam, von der ihr schweres Euter fast schleifenden Mutter gefolgt, den Weg zu seiner Behausung an. Der Besucher wurde nicht nur mit dem freundlichsten Dank bedacht, sondern auf eine unwiderstehliche Art zum Mitgehen eingeladen.

Der Sonderling hatte mehrere Baulichkeiten auf der

Alpe, die ihm gehörte, errichtet. Eine davon glich äußerlich einem rohen Steinhaufen. Innen enthielt sie trockne und warme Stallungen. Dort wurden Ziege und Zicklein untergebracht, während der Besucher zu einem weiter oben gelegenen, weiß getünchten Würfel geleitet wurde, der, an die Wand des Generoso gelehnt, auf einer mit Wein überzogenen Terrasse lag. Unweit des Pförtchens schoß aus dem Berge ein armdicker Wasserstrahl, der eine gewaltige Steinwanne füllte, die man aus dem Felsen gemeißelt hatte. Neben dieser Wanne wurde durch eine eisenbeschlagene Tür eine Berghöhle, wie sich bald erwies, ein Kellergewölbe, abgeschlossen.

Man hatte von diesem Platz, der, vom Tale aus gesehen, in scheinbar unzugänglicher Höhe hing, einen herrlichen Blick, von dem der Verfasser indes nicht reden will. Damals freilich, als er ihn zuerst genoß, fiel er von einem sprachlosen Staunen in laute Ausrufe des Entzückens und wieder in sprachloses Staunen zurück. Sein Wirt aber, der eben in diesem Augenblick aus der Behausung, wo er etwas gesucht hatte, wieder ins Freie trat, schien nun auf einmal mit leiseren Sohlen zu gehen. Solches Verhalten sowie überhaupt das ganze stille, gelassene Betragen seines Gastfreundes ließ der Besucher sich nicht entgehen. Es ward ihm zur Mahnung, mit Worten karg, mit Fragen geizig zu sein. Er liebte den wunderlichen Sennen bereits zu sehr, um Gefahr zu laufen, sich ihn durch einen bloßen Schein von Neugier oder Zudringlichkeit zu entfremden.

Noch sieht der Besucher von damals den runden Steintisch, der, von Bänken umgeben, auf der Terrasse stand. Er sieht ihn mit allen guten Dingen, die der Ketzer von

Soana darauf ausbreitete: dem herrlichsten Stracchino di Lecco, köstlichem italienischen Weizenbrot, Salami, Oliven, Feigen und Mispeln, dazu einem Krug voll roten Weins, den er frisch aus der Grotte geholt hatte. Als man sich setzte, sah der ziegenfellbekleidete, langgelockte, bärtige Wirt dem Besucher herzlich in die Augen, dabei hatte er seine Rechte gefaßt, als wollte er ihm eine Zuneigung andeuten.

Wer weiß, was alles bei dieser ersten Bewirtung gesprochen wurde. Nur einiges blieb erinnerlich. Der Berghirt wünschte Ludovico genannt zu sein. Er erzählte manches von Argentinien. Einmal, als das Gebimmel der Angelusglocken aus den Tiefen drang, machte er eine Bemerkung über dieses »allfällig aufreizende Getön«. Einmal fiel der Name Seneca. Es wurde auch etwas obenhin von Schweizer Politik gesprochen. Endlich wünschte der Sonderling manches von Deutschland zu wissen, weil es des Besuchenden Heimat war. Er sagte, als für diesen, nach vorgefaßtem Beschluß, die Zeit des Abschieds kam: »Sie werden mir immer willkommen sein.«

Obgleich der Herausgeber dieser Blätter, wie er nicht verbergen will, nach der Geschichte dieses Menschen lüstern war, vermied er es auch bei neuen Besuchen, irgendein Interesse dafür zu verraten. Man hatte ihm einige äußere Tatsachen mitgeteilt, bei gelegentlichen Gesprächen, die er in Soana geführt hatte, Tatsachen, die daran schuld sein sollten, daß Ludovico zum Ketzer von Soana ernannt wurde; ihm dagegen lag weit mehr daran, herauszubringen, in welchem Sinne man mit dieser Bezeichnung recht hatte und in welchen eigentümlichen inneren Schicksalen, welcher besonderen Philosophie die Lebensform Ludovicos wurzelte. Er hielt jedoch mit Fragen zurück und ist dafür auch reichlich belohnt worden.

Er traf Ludovico meistens allein, entweder unter den Tieren der Herde oder in seiner Klause. Einige Male fand er ihn, als er, wie Robinson, eigenhändig die Ziegen molk. Oder er legte einer widerspenstigen Mutter die Zicklein an. Dann schien er ganz im Berufe eines Sennhirten aufzugehen: er freute sich der Ziege, die das strotzende Euter am Boden schleppte, des Bockes, wenn er hitzig und fleißig war. Von einem sagte er: »Sieht er nicht wie der Böse selber aus? Sehen Sie doch seine Augen! Welche Kraft, welches Funkeln in Zorn, Wut, Boshaftigkeit! Und dabei welches heilige Feuer!« Dem Autor aber kam es vor, als ob in den Augen des Sprechers dieselbe Höllenflamme vorhanden wäre, die er ein »heiliges Feuer« genannt hatte. Sein Lächeln bekam einen starren und grimmigen Zug, er zeigte die weißen, prächtigen Zähne und geriet dabei in einen Zustand von Versonnenheit, wenn er einen seiner dämonischen Matadore mit dem Blicke des Fachmanns bei seiner nützlichen Arbeit beobachtete.

Manchmal spielte der Ketzer die Panflöte, und der Besucher vernahm ihre einfachen Tonreihen schon bei der Annäherung. Bei einer solchen Gelegenheit kam natürlich das Gespräch auf Musik, und der Hirt entwickelte seltsame Ansichten. Niemals, wenn er inmitten der Herde war, sprach Ludovico von etwas anderem als von den Tieren und ihren Gewohnheiten, vom Hirtenberuf und seinen Gepflogenheiten. Nicht selten ging er der Psychologie der Tiere, der Lebensweise der Hirten nach bis in tiefste Vergangenheit, so ein gelehrtes Wissen von nicht gewöhnlichem Umfang verratend. Er sprach von

Apoll, wie dieser bei Laomedon und Admetos die Herden besorgte, ein Knecht und ein Hirte war. »Ich möchte wohl wissen, mit welchem Instrument er damals seinen Herden Musik machte.« Und als wenn er von etwas Wirklichem spräche, schloß er: »Bei Gott, ich hätte ihm gerne zugehört.« Das waren die Augenblicke, in denen der zottige Anachoret vielleicht den Eindruck erwecken konnte, als wären seine Verstandeskräfte nicht eben ganz lückenlos. Andrerseits erfuhr der Gedanke eine gewisse Rechtfertigung, als er bewies, wie vielfältig eine Herde durch Musik zu beeinflussen und zu leiten sei. Mit einem Ton jagte er sie empor, mit anderen brachte er sie zur Ruhe. Mit Tönen holte er sie aus der Ferne, mit Tönen bewog er die Tiere, sich zu zerstreuen oder, an seine Fersen geheftet, hinter ihm drein zu ziehen.

Es kamen auch Besuche vor, bei denen fast nichts geredet wurde. Einst, als die drückende Hitze eines Juninachmittags bis auf die Almen des Generoso gestiegen war, befand sich Ludovico, von seinen lagernden, wiederkauenden Herden umgeben, ebenfalls liegend, in einem Zustand seliger Dämmerung. Er blinzelte nur den Besucher an und veranlaßte ihn durch einen Wink, sich ebenfalls ins Gras zu strecken. Er sagte dann unvermittelt, nachdem dies geschehen war und beide eine Weile schweigend gelagert hatten, in schleppendem Tone etwa dies:

»Sie wissen, daß Eros älter als Kronos und auch mächtiger ist. – Fühlen Sie diese schweigende Glut um uns? Eros! – Hören Sie, wie die Grille feilt? Eros!« – In diesem Augenblick jagten einander zwei Eidechsen und huschten blitzschnell über den Liegenden weg. Er wiederholte: »Eros! Eros!« – Und als ob er das Kommando dazu gegeben hätte, erhoben sich jetzt zwei starke Böcke und griffen einander mit den gewundenen Hörnern an. Er ließ sie gewähren, obgleich der Kampf immer hitziger wurde. Das Klappen der Stöße erklang immer lauter, und ihre Zahl nahm immer zu. Und wieder sagte er: »Eros! Eros!«

Und nun drangen an das Ohr des Besuchers zum erstenmal Worte, die ihn ganz besonders aufhorchen ließen, weil sie einigermaßen über die Frage Licht verbreiteten oder wenigstens zu verbreiten schienen, warum Ludovico im Volksmund der Ketzer hieß. »Lieber«, sagte er, »will ich einen lebendigen Bock oder einen lebendigen Stier als einen Gehängten am Galgen anbeten. Ich lebe nicht in der Zeit, die das tut. Ich hasse, ich verachte sie. Jupiter Ammon wurde mit Widderhörnern dargestellt. Pan hat Bocksbeine, Bacchus hat Stierhörner. Ich meine den Bacchus Tauriformis oder Tauricornis der Römer. Mithra, der Sonnengott, wird als Stier dargestellt. Alle Völker verehrten den Stier, den Bock, den Widder und vergossen im Opfer sein heiliges Blut. Dazu sage ich: ja! – Denn die zeugende Macht ist die höchste Macht, die zeugende Macht ist die schaffende Macht, Zeugen und Schaffen ist das gleiche. Freilich, der Kultus dieser Macht ist kein kühles Geplärr von Mönchen und Nonnen. Ich habe einmal von Lakschmi, dem Weibe Wischnus, geträumt, die unter dem Namen Sita ein Mensch wurde. Die Priester starben in ihren Umarmungen. Ich habe da vorübergehend etwas von allerlei Mysterien gewußt. Dem Mysterium der schwarzen Zeugung im grünen Gras, von dem der perlmuttfarbenen Wollust, der Entzückungen und Betäubungen, vom Geheimnis der gelben Maiskörner, aller Früchte, aller Schwellungen, aller Farben überhaupt. Ich hätte brüllen können im Wahnsinn des Schmerzes, als ich der unbarmherzigen, allmächtigen Sita ansichtig wurde. Ich glaubte zu sterben vor Begier.«

Während dieser Eröffnung kam sich der Schreiber dieser Zeilen wie ein unfreiwilliger Horcher vor. Er stand auf, mit einigen Worten, die glauben machen sollten, daß er das Selbstgespräch nicht gehört habe, sondern mit seinen Gedanken bei anderen Dingen gewesen sei. Danach wollte er sich verabschieden. Ludovico ließ es nicht zu. Und so begann denn auf der Bergterrasse abermals eine Gasterei, deren Verlauf aber diesmal bedeutsam und unvergeßlich war.

Der Besucher wurde gleich bei der Ankunft in die Wohnung, den Innenraum des schon geschilderten Würfels, eingeführt. Er war quadratisch, sauber, hatte einen Kamin und glich dem schlichten Arbeitszimmer eines Gelehrten. Vorhanden war Tinte, Feder, Papier und eine kleine Bücherei, hauptsächlich griechischer und lateinischer Schriftsteller. »Warum soll ich es Ihnen verhehlen«, sagte der Hirt, »daß ich aus guter Familie bin, eine mißleitete Jugend und gelehrte Bildung genossen habe. Sie werden natürlich wissen wollen, wie ich aus einem unnatürlichen Menschen ein natürlicher, aus einem gefangenen ein freier, aus einem zerstörten und verdrossenen ein glücklicher und zufriedener geworden bin? Oder wie ich mich selbst aus der bürgerlichen Gesellschaft und der Christenheit ausgeschlossen habe?« Er lachte laut. »Vielleicht schreibe ich einmal die Geschichte meiner Umwandlung.« Der Besucher, dessen Spannung aufs höchste gestiegen war, fand sich plötzlich wiederum weit vom Ziele verschlagen. Es konnte ihm dabei wenig helfen, daß der Gastfreund zum

Schluß erklärte, die Ursache seiner Erneuerung sei: er bete natürliche Symbole an.

Im Schatten des Felsens, auf der Terrasse, am Rande der überfließenden Wanne war in köstlicher Kühle reichlicher als das erstemal getafelt worden: Räucherschinken, Käse und Weizenbrot, Feigen, frische Mispeln und Wein. Vielerlei war, nicht übermütig, aber mit stiller Heiterkeit geplaudert worden. Endlich wurde der Steintisch abgeräumt. Nun aber kam ein Augenblick, der dem Herausgeber wie etwas eben Geschehenes gegenwärtig ist.

Der bronzefarbene Hirt machte, wie man weiß, mit seinem ungepflegten langen Gelock des Haupt- und Barthaares sowie durch seine Kleidung aus Fell den Eindruck der Verwilderung. Er ist mit einem Johannes des Donatello verglichen worden. In der Tat hatten auch sein Gesicht und das Antlitz jenes Johannes in der Feinheit der Linien viel Ähnlichkeit. Ludovico war eigentlich, näher betrachtet, schön, sofern man von dem Entstellenden der Brille absehen konnte. Freilich erhielt die ganze Gestalt durch sie wiederum, neben dem leise komischen Zug, das rätselhaft Sonderbare und Fesselnde. In dem Augenblick, von dem die Rede ist, unterlag der ganze Mensch einer Veränderung. Hatte das Bronzeartige seines Körpers sich auch durch eine gewisse Unbeweglichkeit seiner Züge ausgedrückt, so wich es insofern, als sie beweglich wurden und sich verjüngten. Er lächelte, man könnte sagen, in einem Anflug knabenhafter Schamhaftigkeit. »Was ich Ihnen jetzt zumute«, sagte er, »habe ich noch keinem anderen Menschen vorgeschlagen. Woher ich den Mut plötzlich nehme, weiß ich eigentlich selber nicht. Aus alter Gewohnheit vergangener Zeiten lese ich gelegentlich noch und hantiere auch wohl noch mit Tinte und Feder.

So habe ich in müßigen Winterstunden eine simple Geschichte niedergeschrieben, die lange vor meiner Zeit hier in und um Soana sich ereignet haben soll. Sie werden sie äußerst einfach finden, mich aber zog sie aus allerlei Gründen an, die ich jetzt nicht erörtern will. Sagen Sie kurz und offen: wollen Sie mit mir nochmals ins Haus gehen, und fühlen Sie sich aufgelegt, etwas von Ihrer Zeit an diese Geschichte zu verlieren, die auch mich schon ohne Nutzen manche Stunde gekostet hat? Ich möchte nicht zu-, ich möchte abraten. Übrigens, wenn Sie befehlen, nehme ich jetzt schon die Blätter des Manuskripts und werfe sie in den Abgrund hinunter.«

Selbstverständlich geschah dies nicht. Er nahm den Weinkrug, ging mit dem Besucher ins Haus, und beide saßen einander gegenüber. Der Berghirt hatte ein in Mönchsschrift und auf starke Blätter geschriebenes Manuskript aus feinstem Ziegenleder gewickelt. Wie um sich Mut zu machen, trank er dem Besucher, eh er gleichsam vom Ufer abstieß, um sich in den Fluß der Erzählung zu stürzen, noch einmal zu und begann dann mit weicher Stimme.

Die Erzählung des Berghirten

An einem Bergabhang oberhalb des Luganer Sees ist unter vielen anderen auch ein kleines Bergnest zu finden, das man auf einer steilen, in Serpentinen verlaufenden Bergstraße in etwa einer Stunde, vom Seeufer aus gerechnet, erreichen kann. Die Häuser des Ortes, die, wie an den meisten italienischen Plätzen der Umgegend, eine einzige ineinandergeschachtelte graue

Ruine aus Stein und Mörtel sind, kehren ihre Fronten einem schluchtähnlichen Tale zu, das von den Auen und Terrassen des Fleckens und gegenüber von einem mächtigen Abhang des überragenden Bergriesen Monte Generoso gebildet wird.

In dieses Tal, und zwar dort, wo es wirklich als enge Schlucht seinen Abschluß nimmt, ergießt sich von einer wohl hundert Meter höher gelegenen Talsohle ein Wasserfall, der, je nach Tages- und Jahreszeit und der gerade herrschenden Strömung der Luft mehr oder weniger stark, mit seinem Rauschen eine immerwährende Musik des Fleckens ist.

In diese Gemeinde war vor langer Zeit ein etwa fünfundzwanzigjähriger Priester versetzt worden, der Francesco Vela hieß. Er war in Ligornetto geboren, also im Tessin, und konnte sich rühmen, ein Mitglied desselben dort ansässigen Geschlechtes zu sein, das den bedeutendsten Bildhauer des geeinten Italiens hervorgebracht hatte, der ebenfalls in Ligornetto geboren wurde und endlich auch dort gestorben ist.

Der junge Priester hatte seine Jugend bei Verwandten in Mailand und seine Studienzeit in verschiedenen Priesterseminaren der Schweiz und Italiens zugebracht. Von seiner Mutter, die aus einem edlen Geschlechte war, stammte die ernste Richtung seines Charakters, die ihn ohne jedes Schwanken schon zeitig dem religiösen Beruf in die Arme trieb.

Francesco, der eine Brille trug, zeichnete sich vor der Menge seiner Mitschüler aus durch exemplarischen Fleiß, Strenge der Lebensführung und Frömmigkeit. Selbst seine Mutter mußte ihm schonend nahelegen, daß er als künftiger Weltgeistlicher sich ein wenig Lebensfreude wohl gönnen möge und nicht eigentlich auf die strengsten Klosterregeln verpflichtet sei. Sobald er die Weihen empfangen hatte, war es indessen sein einziger Wunsch, eine möglichst entlegene Pfarre zu finden, um sich dort als eine Art Eremit nach Herzenslust, noch mehr als bisher, dem Dienste Gottes, seines Sohnes und dessen geheiligter Mutter zu weihen.

Als er nun nach dem kleinen Soana gekommen war und das mit der Kirche verbundene Pfarrhaus bezogen hatte, merkten die Bergbewohner bald, daß er von einer ganz anderen Art als sein Vorgänger war. Schon äußerlich; denn jener war ein massiver, stierhafter Bauer gewesen, der die hübschen Weiber und Mädchen des Orts mit Hilfe ganz anderer Mittel in seinem Gehorsam hielt als Kirchenbußen und Kirchenstrafen. Francesco dagegen war bleich und zart. Sein Auge lag tief. Hektische Tupfen glühten auf der unreinen Haut über seinen Backenknochen. Hierzu kam die Brille, in den Augen einfacher Leute noch immer Symbol präzeptoraler Strenge und Gelehrsamkeit. Er hatte nach Verlauf von vier bis sechs Wochen auf seine Art die erst ein wenig widerspenstigen Weiber und Töchter des Ortes ebenfalls, und zwar noch mehr als der andere, in seine Gewalt gebracht.

Sobald Francesco durch die kleine Pforte des an die Kirche geschmiegten Pfarrhöfchens auf die Straße trat, ward er auch meist schon von Kindern und Weibern umdrängt, die ihm mit wahrhafter Ehrfurcht die Hand küßten. Und wie viele Male des Tags er durch die kleine Kirchenschelle in den Beichtstuhl gerufen wurde, das machte am Abend eine Zahl, die seiner neuangenommenen, beinahe siebzigjährigen Haushälterin den Ruf entlockte: sie habe nie gewußt, wie viele Engel in dem sonst ziemlich verderbten Soana verborgen gewesen wären. Kurz, der Ruf des jungen Pfarrers Francesco Vela erscholl auch in der Umgegend weit und breit, und er kam sehr bald in den Ruf eines Heiligen.

Von alledem ließ sich Francesco nicht anfechten und war weit davon entfernt, irgendein anderes Bewußtsein in sich zu pflegen, als daß er seinen Pflichten leidlich gerecht wurde. Er las seine Messen, vollzog mit nie vermindertem Eifer alle kirchlichen Funktionen des Gottesdienstes und – das kleine Schulzimmer befand sich im Pfarrhause – versah auch überdies die Obliegenheiten des weltlichen Schulunterrichts.

Eines Abends, zu Anfang des Monats März, wurde sehr heftig an der Klingel des Pfarrhöfchens gerissen, und als die Schaffnerin öffnen kam und mit dem Licht der Laterne in das schlechte Wetter hinausleuchtete, stand vor der Tür ein etwas verwilderter Kerl, der den Pfarrer zu sprechen wünschte. Nachdem die Schaffnerin erst die Pforte wieder geschlossen hatte, begab sich die alte Person zu ihrem jungen Gebieter hinein, um, nicht ohne merkbare Ängstlichkeit, den späten Besucher anzumelden. Allein Francesco, der es sich unter anderem zur Pflicht gemacht hatte, niemand, wer es auch sei, der seiner bedürfe, abzuweisen, sagte nur kurz, von der Lektüre irgendeines Kirchenvaters aufblickend: »Geh, Petronilla, führ ihn herein.«

Bald darauf stand vor dem Tische des Pfarrers ein etwa vierzigjähriger Mann, dessen Äußeres das der

Landleute jener Gegend war, nur weit vernachlässigter, ja verwahrloster. Der Mann ging barfuß. Eine zerlumpte, regendurchnäßte Hose war über den Hüften von einem Riemen festgehalten. Das Hemd stand offen. Die braune, behaarte Brust setzte sich in eine buschige Kehle und in ein von Bart- und Haupthaar schwarz und dicht umwuchertes Antlitz fort, aus dem zwei dunkelglühende Augen hervorbrannten.

Eine aus Flicken bestehende, vom Regen durchnäßte Jacke hatte der Mensch nach Hirtenart über die linke Schulter gehängt, während er einen von Wind und Wetter vieler Jahre entfärbten und zusammengeschrumpften kleinen Filz aufgeregt mit den braunen und harten Fäusten herumdrehte. Einen langen Knüttel hatte er vor dem Eingang abgestellt.

Gefragt, was er wünsche, brachte der Mann unter wilden Grimassen einen unverständlichen Schwall rauher Laute und Worte hervor, die zwar der Mundart jener Gegend angehörten, aber wiederum einer Abart davon, die selbst der in Soana geborenen Schaffnerin wie eine fremde Sprache erschien.

Der junge Priester, der seinen Besuch neben der kleinen brennenden Lampe hin mit Aufmerksamkeit betrachtet hatte, bemühte sich vergeblich, den Sinn seines Anliegens zu ergründen. Mit viel Geduld, mittels zahlreicher Fragen, konnte er endlich so viel aus ihm herausbringen, daß er Vater von sieben Kindern war, von denen er einige gern in der Schule des jungen Priesters angebracht hätte. Francesco fragte: »Wo seid Ihr her?« Und als die Antwort, hervorgesprudelt, »Ich bin aus Soana« lautete, erstaunte der Priester und sagte zugleich: »Das ist nicht möglich! Ich kenne jedermann hier am Ort! Aber Euch und Eure Familie kenne ich nicht.«

Der Hirte, Bauer oder was er nun sein mochte, gab nun von der Lage seines Wohnhauses eine von vielen Gesten begleitete, leidenschaftliche Schilderung, aus der jedoch Francesco nicht klug wurde. Er meinte nur: »Wenn Ihr Einwohner von Soana seid und Eure Kinder das gesetzliche Alter erreicht haben, so müßten sie doch ohnedies schon längst in meiner Schule gewesen sein. Und ich müßte doch Euch oder Eure Frau oder Eure Kinder beim Gottesdienst in der Kirche, bei Messe oder Beichte gesehen haben.«

Hier riß der Mann seine Augen auf und preßte die Lippen aufeinander. Statt jeder Antwort stieß er, wie aus empörter und gepreßter Brust, den Atem aus.

»Nun, so werde ich mir Euren Namen aufschreiben. Ich finde es brav von Euch, daß Ihr selber kommt und Schritte tut, damit Eure Kinder nicht unwissend und womöglich gottlos bleiben.« Bei diesen Worten des jungen Klerikers fing der zerlumpte Mensch, so daß sein brauner, sehniger und beinahe athletischer Körper davon geschüttelt wurde, auf eine sonderbare, beinahe tierische Art und Weise zu röcheln an. – »Jawohl«, wiederholte betreten Francesco, »ich zeichne mir Euren Namen auf und werde der Sache wegen nachforschen.« Man konnte sehen, wie Träne um Träne von den geröteten Augenrändern des Unbekannten über das struppige Antlitz herniederrann.

»Gut, gut«, sagte Francesco, der sich das aufgeregte Wesen seines Besuchers nicht erklären konnte und übrigens davon noch mehr beunruhigt als ergriffen war, »gut, gut, Eure Sache wird untersucht werden.

Nennt mir nur Euren Namen, guter Mann, und schickt mir morgen früh Eure Kinder!« Der Angeredete schwieg hierauf und sah Francesco mit einem ratlosen und gequälten Ausdruck lange an. Dieser fragte nochmals: »Wie heißt Ihr? Sagt Euren Namen!«

Dem Geistlichen war von Anfang an in den Bewegungen seines Gastes etwas Furchtsames, gleichsam etwas Gehetztes aufgefallen. Jetzt, wo er seinen Namen angeben sollte und draußen auf dem steinernen Estrich gleichzeitig der Schritt Petronillas hörbar ward, duckte er sich und zeigte überhaupt eine Schreckhaftigkeit, wie sie meist nur Irrsinnigen oder Verbrechern eignet. Er schien verfolgt. Er schien auf der Flucht vor Häschern zu sein.

Dennoch ergriff er ein Stück Papier und die Feder des Geistlichen, trat seltsamerweise ins Dunkel, vom Lichte abgewandt, ans Fensterbrett, wo unten ein naher Bach und, mehr von ferne, der Wasserfall von Soana hereinrauschte, und malte, mit einiger Mühe, aber doch leserlich, etwas auf, was er mit Entschluß dem Geistlichen zureichte. Dieser sagte: »Gut!« und, mit dem Zeichen des Kreuzes: »Geht mit Frieden!« Der Wilde ging und ließ eine Wolke von Dünsten zurück, die nach Salami, Zwiebel, Holzkohlenrauch, nach Ziegenbock und nach Kuhstall duftete. Sobald er hinaus war, riß Francesco das Fenster auf.

Den nächsten Morgen hatte Francesco, wie immer, seine Messe gelesen, danach ein wenig geruht, danach sein frugales Frühstück zu sich genommen und befand sich bald danach auf dem Wege zum Sindaco, den man zeitig besuchen mußte, um ihn anzutreffen. Er fuhr nämlich täglich von einer Bahnstation, tief unten am Seeufer, nach Lugano hinein, wo er in einer der belebtesten Gassen einen Groß- und Kleinhandel mit tessinischem Käse betrieb.

Die Sonne schien auf den kleinen, mit alten Kastanienbäumen, die einstweilen noch kahl waren, bestandenen Platz, der dicht bei der Kirche gelegen war und gleichsam die Agora der Ortschaft bildete. Auf einigen Steinbänken saßen und spielten Kinder herum, während die Mütter und älteren Töchter an einem von kaltem Bergwasser, womit er reichlich gespeist wurde, überfließenden antiken Marmorsarkophag Wäsche wuschen und in Körben zum Trocknen davontrugen. Der Boden war naß, weil am Tage vorher Regen, mit Schneeflocken untermischt, gefallen war, wie denn der machtvolle Felsenabhang des Monte Generoso unter Neuschnee, jenseits der Talschlucht, in seinem eigenen Schatten mit unzugänglichen Schroffen aufragte und frische Schneeluft herüberhauchte.

Der junge Priester ging mit niedergeschlagenen Augen an den Wäscherinnen vorbei, deren lauten Gruß er durch Nicken erwiderte. Den ihn umdrängenden Kindern ließ er, sie ältlich über die Brille betrachtend, die Hand einen Augenblick, wo sie denn alle mit Eifer und Hast ihre Lippen abwischten. Die Ortschaft, wie sie hinter dem Platz begann, ward durch wenige enge Gassen gangbar gemacht. Aber selbst die Hauptstraße konnte nur von kleinen Fuhrwerken und auch nur in ihrem vorderen Teile benutzt werden. Nach dem Ausgang des Ortes zu verengte sie sich und wurde überdies so steil, daß man höchstens noch mit einem beladenen Maultier hindurch- und hinankommen konnte. An diesem Sträßchen befand sich ein kleiner Kramladen und die schweizerische Postagentur.

Der Postagent, der mit Francescos Vorgänger auf kameradschaftlichstem Verkehrsfuß gestanden hatte, grüßte und ward von Francesco wiedergegrüßt, aber doch nur so, daß zwischen dem Ernst des Geweihten und der platten Freundlichkeit des Profanen der volle Abstand gewahrt wurde. Nicht weit von der Post bog der Priester in ein erbärmliches Seitengäßchen ein, das mit Treppen und Treppchen auf eine halsbrecherische Weise, an geöffneten Ziegenställen und allen Arten schmutziger, fensterloser, kellerartiger Höhlen vorüber, abwärtsstieg. Hühner gackerten, Katzen saßen auf morschen Galerien unter Büscheln aufgehängter Maiskolben. Hie und da meckerte eine Ziege, blökte ein Rind, das aus irgendeinem Grunde nicht mit auf die Weide gezogen war.

Man konnte erstaunt sein, wenn man, aus dieser Umgebung kommend, durch eine enge Pforte das Haus des Bürgermeisters betreten hatte und sich in einer Flucht von kleinen gewölbten Sälen befand, deren Decken von Handwerkern im Stile Tiepolos figurenreich ausgemalt worden waren. Hohe Fenster und Glastüren, mit langen roten Gardinen geschmückt, führten aus diesen sonnigen Räumen auf eine ebenso sonnige freie Terrasse hinaus, die von uraltem, kegelförmig geschnittenen Buchsbaum und wundervollem Lorbeer geziert wurde. Wie überall, so auch hier, vernahm man das schöne Rauschen des Wasserfalls und hatte jenseits die wilde Bergwand sich gegenüber.

Der Sindaco, Sor Domenico, war ein gutgekleideter, in der Mitte der vierziger Jahre stehender ruhiger

Mann, der vor kaum einem Vierteljahre erst zum zweitenmal geheiratet hatte. Die schöne, blühende zweiundzwanzigjährige Frau, die Francesco in der blanken Küche mit der Zubereitung des Frühstücks beschäftigt getroffen hatte, geleitete ihn zu dem Gatten hinein. Als jener die Erzählung des Priesters von dem Besuch, den er abends vorher empfangen hatte, angehört und den Zettel gelesen hatte, der den Namen des Besuchers und wilden Mannes in unbeholfenen Schriftzügen trug, ging ein Lächeln durch seine Gesichtszüge. Dann, als er den jungen Sacerdote Platz zu nehmen genötigt hatte, fing er vollkommen sachlich, und ohne daß die maskenhafte Gleichgültigkeit seiner Mienen jemals gestört wurde, die gewünschte Auskunft über den mysteriösen Besucher, der tatsächlich ein dem Pfarrer bisher verborgen gebliebener Bürger Soanas war, zu geben an.

»Luchino Scarabota«, sagte der Sindaco – es war der Name, den der Besucher des Pfarrers auf den Zettel gekritzelt hatte –, »ist ein keineswegs armer Mann, aber schon seit Jahren machen seine häuslichen Zustände mir und der ganzen Gemeinde Kopfschmerzen, und es ist nicht eigentlich abzusehen, wo dies alles am Ende noch hinauslaufen soll. Er gehört einer alten Familie an, und es ist sehr wahrscheinlich, daß er etwas von dem Blut des berühmten Luchino Scarabota da Milano in sich hat, der zwischen vierzehn- und fünfzehnhundert das Langhaus des Domes unten in Como baute. Solche alte, berühmte Namen haben wir ja, wie Sie wissen, Herr Pfarrer, manche in unserem kleinen Ort.«

Der Sindaco hatte die Glastüre geöffnet und den

Pfarrer während des Redens auf die Terrasse hinausgeführt, wo er ihm, mit der ein wenig erhobenen Hand, in dem trichterförmigen, steilen Quellgebiete des Wasserfalles einen jener aus rohem Stein gemauerten Würfel wies, wie sie die Bauern der Gegend bewohnen. Aber dieses in großer Höhe weit über allen anderen hängende Anwesen unterschied sich von jenen nicht nur durch seine vereinzelte, scheinbar unzugängliche Lage, sondern auch durch Kleinheit und Ärmlichkeit.

»Sehen Sie, dort, wo ich mit dem Finger hinzeige, wohnt dieser Scarabota«, sagte der Sindaco.

»Es nimmt mich wunder, Herr Pfarrer«, fuhr der Sprechende fort, »daß Sie von jener Alpe und ihren Bewohnern noch nichts gehört haben sollten. Die Leute geben weit und breit in der ganzen Gegend seit einem Jahrzehnt und länger das widerwärtigste Ärgernis. Leider kann man ihnen nicht beikommen. Man hat die Frau vor Gericht gestellt, und sie hat behauptet, die sieben Kinder, die sie geboren hat, stammten – gibt es etwas Unsinnigeres? – nicht von dem Manne, mit dem sie lebt, sondern von sommerlichen Schweizer Touristen ab, die an der Alpe vorüber müssen, wenn sie zum Generoso hinaufklettern. Dabei ist die Vettel verlaust und schmutzstarrend und überdies abschreckend häßlich wie die Nacht.

Nein, es ist offenkundig, daß der Mann, der Sie gestern besucht hat und mit dem sie lebt, Vater von ihren Kindern ist. Aber das ist der Punkt: dieser Mensch ist zugleich ihr leiblicher Bruder.«

Der junge Priester verfärbte sich.

»Natürlich ist dies blutschänderische Paar von aller Welt gemieden und in die Acht getan. In dieser Beziehung wird die Vox populi selten fehlgehen.« Mit dieser Erklärung setzte der Sindaco seine Erzählung fort. »Sooft sich eines der Kinder etwa bei uns oder in Arogno oder in Melano hat blicken lassen, ist es beinahe gesteinigt worden. Man hält jede Kirche, soweit die Leute bekannt sind, für entweiht, wenn das verruchte Geschwisterpaar sie betritt, und die beiden Verfemten haben das, als sie den Versuch glaubten machen zu dürfen, auf eine so furchtbare Weise zu fühlen bekommen, daß ihnen seit Jahren jede Neigung zum Kirchenbesuch abhanden gekommen ist.

Und sollte man etwa gestatten«, fuhr der Sindaco fort, »daß solche Kinder, solche verfluchte Kreaturen, die jedermanns Abscheu und Grauen sind, hier unten in unsere Schule gehen und zwischen den Kindern guter Christen in der Schulbank sitzen? Kann man uns zumuten, wir sollen dulden, daß unsere ganze Ortschaft, klein und groß, durch diese moralischen Schandprodukte, diese schlechten, räudigen Bestien verpestet wird?«

Das bleiche Antlitz des Priesters Francesco verriet durch keine Miene, inwieweit die Erzählung Sor Domenicos ihn berührt hatte. Er dankte und ging mit dem gleichen würdigen Ernst im Ausdruck des ganzen Wesens, mit dem er erschienen war, davon.

Francesco hatte bald nach der Unterredung mit dem Sindaco seinem Bischof über den Fall Luchino Scarabota Bericht erstattet. Acht Tage später war die Antwort des Bischofs in seiner Hand, die dem jungen Geistlichen auftrug, sich von dem allgemeinen Stand der Verhältnisse auf der sogenannten Alpe von Santa

Croce persönlich zu unterrichten. Der Bischof lobte dabei den geistlichen Eifer des jungen Mannes und bestätigte ihm, er habe wohl Ursach, sich dieser verirrten und verfemten Seelen wegen in seinem Gewissen bedrängt zu fühlen und auf ihre Errettung bedacht zu sein. Von den Segnungen und Tröstungen der Mutter Kirche dürfe man keinen noch so verirrten Sünder ausschließen.

Erst gegen Ende des Monats März erlaubten die Amtsgeschäfte und auch die Schneeverhältnisse des Berges Generoso dem jungen Geistlichen von Soana, mit einem Landmann als Führer den Aufstieg zur Alpe von Santa Croce anzutreten. Ostern stand vor der Tür, und trotzdem an der Schroffwand des Bergriesen fortwährend mit dumpfem Donner Lawinen in die Schlucht unterm Wasserfall niedergingen, hatte der Frühling überall, wo die Sonne ungehindert zu wirken vermochte, mit voller Kraft eingesetzt.

Sowenig Francesco, unähnlich seinem Namensheiligen von Assisi, Naturschwärmer war, konnte doch das zarte und saftige Sprießen, Grünen und Blühen um ihn her nicht ohne Wirkung auf ihn bleiben. Ohne daß sich der junge Mensch dessen deutlich bewußt werden brauchte, hatte er die feine Gärung des Frühlings im Blut und genoß sein Teil von jenem inneren Schwellen und Drängen der ganzen Natur, das himmlischen Ursprungs und trotz wonnig-sinnlich-irdischen Auswirkens auch in allen seinen erblühten Freuden himmlisch ist.

Die Kastanienbäume auf dem Platz, über den der Priester mit seinem Begleiter zunächst wieder schreiten mußte, hatten aus braunen, klebrigen Knospen zarte grüne Händchen gestreckt. Die Kinder lärmten, nicht minder die Sperlinge, die unterm Kirchdach und in unzähligen Schlupflöchern der winkligen Ortschaft nisteten. Die ersten Schwalben zogen ihre weiten Schleifen von Soana über den Abgrund der Schlucht, wo sie scheinbar dicht vor dem phantastisch getürmten, unzugänglichen Felsmassiv der Bergmauer abschwenkten. Dort oben auf Vorsprüngen oder in Felslöchern, wo nie eines Menschen Fuß hingedrungen war, horsteten Fischadler. Die großen, braunen Pärchen traten herrliche Fahrten an und schwebten, nur um zu schweben, in stundenlangen Dauerflügen über Bergspitzen, immer höher und höher kreisend, als wollten sie majestätisch, selbstvergessen in die befreite Unendlichkeit des Raumes hinein.

Überall, nicht nur in der Luft, nicht nur in der braunen, aufgewühlten oder mit Gras und Narzissen bekleideten Erde und allem, was sie durch Halme und Stämme in Blätter und Blüten aufsteigen ließ, sondern auch in den Menschen war das Festliche, und die braunen Gesichter der Bauern, die auf den Terrassen zwischen den Reihen der Weinstöcke mit Hacke oder gekrümmtem Messer arbeiteten, strahlten von Sonntäglichkeit: hatten doch überdies die meisten von ihnen das sogenannte Osterlamm, eine junge Ziege, bereits geschlachtet und mit zusammengebundenen Hinterläufen zu Hause am Türpfosten aufgehängt.

Die Weiber, die ganz besonders zahlreich und laut mit ihren gefüllten Wäschekörben um den überfließenden Sarkophag aus Marmor versammelt waren, unterbrachen, als der Priester und sein Begleiter vorübergingen, ihre lärmende Heiterkeit. Auch am Ausgang des

Dorfes standen Wäscherinnen, wo unter einem kleinen Madonnenbild ein Wasserstrahl aus dem Felsen drang und sich ebenfalls in einen antiken Sarkophag aus Marmor ergoß. Beide Stücke, sowohl dieser Sarkophag als jener, der auf dem Platze stand, waren vor längerer Zeit aus einem Baumgarten voll tausendjähriger Steineichen und Kastanien gehoben worden, wo sie seit undenklicher Zeit, nur wenig aus dem Boden hervorragend, unter Efeu und wildem Lorbeer versteckt gestanden hatten.

Im Vorübergehen bekreuzte sich Francesco, ja unterbrach das Schreiten für einen Augenblick, um der lieblich mit Feldblumenopfern der Landleute umstellten Madonetta über dem Sarkophag mit einer Beugung des Knies zu huldigen. Zum ersten Male sah er dies kleine, von Bienen umsummte, liebliche Heiligtum, da er diesen oberen Teil der Ortschaft noch niemals besucht hatte. War Soana mit seinem unteren Teil, mit seiner Kirche und einigen mit grünen Läden geschmückten, hübschen Bürgerhäusern um den terrassenartig untermauerten Kastanienplatz bürgerlich, beinahe wohlhabend und zeigte es dort in Gärten und Gärtchen blühende Mandelbäumchen, Orangen, hohe Zypressen, kurz, eine mehr südliche Vegetation, hier oben, einige hundert Schritte höher hinauf, war es nur noch ein alpines, ärmliches Hirtendorf, das nach Ziegen und Kuhstall duftete. Auch setzte hier ein mit Wackersteinen gepflasterter, äußerst steiler Bergweg ein, der durch täglichen morgendlichen Auszug und abendlichen Einzug der großen Gemeindeziegenherde geglättet war; denn er führte hinauf und hinaus zur Gemeindealm in das kesselförmige Quellgebiet des

Flüßchens Savaglia, das weiter unten den herrlichen Wasserfall von Soana bildet und nach kurzem, rauschenden Lauf durch eine tiefe Schlucht im See von Lugano untergeht.

Nachdem der Priester, immer geführt von seinem Begleiter, eine kurze Weile auf diesem Bergweg hinangeklettert war, stand er still, um aufzuatmen. Den großen, schwarzen, tellerartigen Hut mit der Linken vom Kopfe nehmend, hatte er mit der Rechten ein großes, buntes Taschentuch aus der Soutane gezogen, womit er die Schweißperlen von seiner Stirn tupfte. Im allgemeinen ist der Natursinn, der Sinn eines italienischen Priesters für die Schönheit der Landschaft nicht sonderlich. Aber der Weitblick von großer Höhe und aus der sogenannten Vogelperspektive ist doch ein Reiz, der auch den naivsten Menschen mitunter trifft und ihm ein gewisses Staunen abnötigt. Francesco erblickte seine Kirche mitsamt der dazugehörigen Ortschaft bereits nur noch als ein Miniaturbild tief unter sich, während rings um ihn her die gewaltige Bergwelt, wie es schien, immer höher gen Himmel ragte. In das Gefühl des Frühjahrs mischte sich jetzt das Gefühl des Erhabenen, das vielleicht aus einem Vergleich der eigenen Kleinheit mit den erdrückend gewaltigen Werken der Natur und ihrer drohenden stummen Nähe entstehen mag und das mit einem halben Bewußtsein davon verbunden ist, daß wir doch auch an dieser Übermacht auf irgendeine Weise teilhaben. Kurz, Francesco fühlte sich erhaben-groß und winzig-klein in ein und demselben Augenblick, und dies gab den Anlaß, mit gewohnter Bewegung auf Stirn und Brust das vor Irrungen und Dämonen schützende Kreuz zu schlagen.

Im Weitersteigen hatten bald wieder religiöse Fragen und praktisch-kirchliche Angelegenheiten seines Sprengels von dem jugendlich eifrigen Klerikus Besitz ergriffen. Und als er wiederum, diesmal am Eingang eines felsigen Hochtals, stillestand und sich umwandte, hatte ihn der Anblick eines arg verwahrlosten, hier für die Hirten errichteten gemauerten Heiligenschreins auf den Gedanken gebracht, alle vorhandenen Heiligtümer seines Kirchspiels, und wenn sie noch so entlegen waren, aufzusuchen und in einen gotteswürdigen Stand zu setzen. Er ließ sogleich seine Augen umherschweifen und suchte den die vorhandenen Kultstätten womöglich umfassenden Überblick.

Er nahm seine eigene Kirche mit dem daran geklebten Pfarrhaus zum Ausgangspunkt. Sie stand, wie gesagt, auf der Ebene des Dorfplatzes, und ihre Außenmauern setzten sich in steilen Wänden des Grundfelsens fort, an dem ein munterer Gebirgsbach unten vorüberrauschte. Dieser Gebirgsbach, unter dem Platz von Soana hindurchgeführt, trat in einem gemauerten Bogen ans Licht, wo er, freilich durch Abwässer stark verunreinigt, Baumgärten und blumige Wiesen wässerte. Jenseits der Kirche, ein wenig höher, was von hier aus nicht festzustellen war, lag auf rundem, flachen Terrassenhügel das älteste Heiligtum der Umgegend, eine kleine Kapelle, der Jungfrau Maria geweiht, deren verstaubtes Kultbild auf dem Altar von einem byzantinischen Mosaik der Apsis überwölbt wurde. Dieses trotz tausendjährigen und höheren Alters in Goldgrund und Zeichnung wohlerhaltene Mosaik stellte Christus Pantokrator dar. Die Entfernung von der Hauptkirche bis zu diesem Heiligtum betrug nicht über drei Steinwurfsweiten. Eine andere hübsche Kapelle, diese der heiligen Anna geweiht, lag in der gleichen Entfernung von ihr. Über Soana und hinter Soana erhob sich ein äußerst spitzer Bergkegel, der im Umkreis natürlich von weiten Talräumen und den Flanken der überragenden Generosokette umgeben war. Dieser beinahe zuckerhutartige, aber bis oben begrünte, scheinbar unzugängliche Berg hieß Sant' Agata, weil er auf seinem Gipfel zur Not ein Kapellchen ebendieser Heiligen beherbergte. Dies waren im engsten Umkreis der Ortschaft eine Kirche und drei Kapellen, denen sich im weiteren Kreise der Pfarre drei oder vier andere Kapellen anreihten. Auf jedem Hügel, an jeder hübschen Wegwende, auf jeder weithin blikkenden Spitze, da und dort an malerischen Felsabstürzen, nah und fern, über Schlucht und See hatten fromme Jahrhunderte Gotteshäuser angeklebt, so daß in dieser Beziehung die tiefe und allgemeine Frömmigkeit des Heidentums noch zu spüren war, die im Verlauf vergangener Jahrtausende alle diese Punkte ursprünglich geweiht und so gegen die bedrohlichen, furchtbaren Mächte dieser wilden Natur sich göttliche Bundesgenossen geschaffen hatte.

Der junge Eiferer sah alle diese Anstalten römischkatholischen Christentums, wie sie den ganzen Kanton Tessin auszeichnen, mit Befriedigung. Freilich mußte er sich zugleich mit dem Schmerz des echten Gottesstreiters eingestehen, daß in ihnen weder überall ein reger und reiner Glaube lebendig war noch auch nur eine genügend liebevolle Fürsorge seiner Amtsbrüder, um alle diese verstreuten himmlischen Wohnstätten vor Verwahrlosung und Vergessenheit zu bewahren.

Nach einiger Zeit ward in den engen Fußsteig eingebogen, der in dreistündiger, mühsamer Steigung zum Gipfel des Generoso führt. Dabei mußte sehr bald das Bett der Savaglia auf einer verfallenen Brücke überschritten werden, in deren nächster Nähe das Sammelbecken des Flüßchens war, das von da aus in seinen selbstgebildeten Erosionsspalt von hundert und mehr Meter Tiefe hinabstürzte. Hier hörte Francesco aus verschiedenen Höhen, Tiefen und Richtungen neben dem Rauschen des zu seinem Sammelbecken heraneilenden Wildwassers Herdengeläut und sah einen Mann von rauhem Äußeren – es war der Gemeindehirt von Soana –, der lang auf der Erde ausgestreckt, sich mit den Händen am Ufer stützend, den Kopf zum Wasserspiegel hinabgebeugt, ganz nach Art eines Tieres seinen Durst löschte. Hinter ihm grasten einige Ziegenmütter mit ihren Zicklein, während ein Wolfshund mit gespitztem Ohr auf Befehle wartete und des Augenblicks, wo sein Meister und Herr mit Trinken fertig war. Auch ich bin ein Hirte, dachte Francesco, und als jener sich von der Erde erhob und mit schneidendem Pfiff durch die Finger, der an den Felswänden widerhallte, und mit weit ausholenden Steinwürfen seine überallhin verstreuten Tiere bald zu schrecken, bald weiterzutreiben, bald zurückzurufen und überhaupt vor der Gefahr des Absturzes zu bewahren suchte, dachte Francesco, wie dies schon bei Tieren, geschweige bei Menschen, die der Versuchung des Satans allezeit preisgegeben waren, eine mühevolle und verantwortungsschwere Arbeit sei.

Mit doppeltem Eifer begann nun der Priester weiterzusteigen, nicht anders, als wenn zu fürchten gewesen wäre, der Teufel könne auf diesem Wege zu den verirrten Schafen womöglich der schnellere sein. Als er, immer von seinem Begleiter geführt, den Francesco einer Unterhaltung nicht würdigte, eine Stunde und länger steil und beschwerlich gestiegen war, immer höher und höher in die Felswildnis des Generoso hinein, hatte er plötzlich die Alpe von Santa Croce auf fünfzig Schritt vor Augen liegen.

Er wollte nicht glauben, daß jener Steinhaufen und das inmitten davon befindliche, ohne Mörtel aus flachen Steintafeln geschichtete Mauerwerk, wie ihn der Führer versichert hatte, das gesuchte Anwesen sei. Was er erwartet hatte, war, nach dem Reden des Sindaco, eine gewisse Wohlhabenheit, wogegen diese Behausung höchstens als eine Art Unterschlupf für Schafe und Ziegen bei plötzlichem Unwetter gelten konnte. Da es auf einer steilen Halde von Gesteinschutt und kantigen Felsblöcken lag und der Pfad dahin in seinem Zickzacklaufe verborgen war, schien der verfluchte Ort ohne Zugänge. Erst nachdem der junge Priester sein Befremden und einen gewissen Schauder, der sich meldete, überwunden hatte und näher gedrungen war, gestaltete sich das Bild der verfemten und gemiedenen Wohnstätte etwas freundlicher.

Ja, die Trümmerstätte verwandelte sich sogar vor den Augen des näher kommenden Priesters in eitel Lieblichkeit: denn es schien, als würde die aus großer Höhe losgelöste Lawine von Blöcken und Schutt durch den rohgemauerten Würfel der Wohnstätte aufgestaut und festgehalten, so daß unter ihm eine steinfreie, saftig begrünte Lehne blieb, aus der in entzückender Fülle und holdester Lieblichkeit gelbe Kuhblumen bis an die Rampe vor die Haustüre hinankletterten und, als wären sie neugierig, über die Rampe hinweg und buchstäblich durch die Haustür in die verfemte Wohnhöhle hinein.

Bei diesem Anblick stutzte Francesco. Dieser Sturmlauf von gelben Wiesenblumen gegen die verrufene Schwelle hinauf, dieses Hinanblühen üppiger Prozessionen langgestielter Vergißmeinnicht, unter denen Adern von Bergwasser versickerten und die ebenfalls mit ihrem blauen Abglanz des Himmels die Tür zu erobern suchten, schien ihm beinahe ein offener Protest gegen Acht, Bann und Femgerichte der Menschen zu sein. Francesco mußte sich in seinem Staunen, dem eine gewisse Verwirrung folgte, mit seiner schwarzen Soutane auf einen von der Sonne gewärmten Gesteinsblock niedersetzen. Er hatte seine Jugend im Tal und dazu meist in geschlossenen Räumen, Kirchen, Hörsälen oder Studierzimmern zugebracht. Sein Natursinn war nicht geweckt worden. Eine Unternehmung wie diese, in die erhabene, herbe Lieblichkeit des Hochgebirges hinein, hatte er niemals bisher ausgeführt und würde es vielleicht niemals getan haben, hätten nicht Zufall und Pflicht vereint ihm die Bergfahrt aufgedrängt. Nun überwältigte ihn die Neuheit und die Größe der Eindrücke.

Zum erstenmal fühlte der junge Priester Francesco Vela eine klare und ganz große Empfindung von Dasein durch sich hinbrausen, die ihn augenblicklang vergessen ließ, daß er ein Priester und weshalb er gekommen war. Alle seine Begriffe von Frömmigkeit, die mit einer Menge von kirchlichen Regeln und Dogmen verflochten waren, hatte diese Empfindung nicht nur verdrängt, sondern ausgelöscht. Er vergaß jetzt sogar, das Kreuz zu schlagen. Unter ihm lag das schöne Luganer Gebiet der oberitalienischen Alpenwelt, lag Sant' Agata mit dem Wallfahrtskirchlein, über dem noch immer die braunen Fischräuber kreisten, lag der Berg San Giorgio, tauchte die Spitze des Monte San Salvatore auf, und endlich lag in schwindelerregender Tiefe unter ihm, in die Täler des Gebirgsreliefs wie eine längliche Glasplatte sorgfältig eingefaßt, der Capolago genannte Arm des Luganer Sees mit dem segelnden Boot eines Fischers darauf, das einer winzigen Motte auf einem Handspiegel glich. Hinter alledem waren in der Ferne die weißen Gipfel der Hochalpen, gleichsam mit Francesco, höher und höher gestiegen. Daraus hob sich der Monte Rosa weiß, mit sieben weißen Spitzen hervor, zugleich diademhaft und schemenhaft aus dem seidigen Blau des Azurs herüberstrahlend.

Wenn man mit Fug von einer Bergkrankheit reden kann, so mit nicht minderem Recht darf man von einem Zustand reden, der Menschen auf Berghöhen überkommt und den man am besten als Gesundheit ohnegleichen bezeichnet. Diese Gesundheit spürte nun auch der junge Priester im Blut, wie eine Erneuerung. Neben ihm, zwischen Steinen unter noch dürrem Heidekraut, stand eine kleine Blume, dergleichen Francesco noch niemals im Leben erblickt hatte. Es war eine überaus liebliche Spezies blauen Enzians, dessen Blütenblättchen mit einem flammenden Blau überraschend köstlich bemalt waren. Der junge Mann in der schwarzen Soutane ließ das Blümchen, das er in seiner ersten Entdeckerfreude hatte abpflücken wollen, unbehelligt an seinem bescheidenen Platze stehen und bog nur das Heidekraut beiseite, um das Wunder lange entzückt zu betrachten. Überall aus den Steinen drang junges, hellgrünes Zwergbuchenlaub, und aus einer gewissen Ferne, über den Lehnen von hartem, grauen Schutt und zartem Grün, meldete sich mit Glockengeläut die Herde des armen Luchino Scarabota. Diese ganze Bergwelt besaß eine frühe Eigenart, den Jugendreiz versunkener menschlicher Zeitalter, von denen in den Taltiefen keine Spur mehr vorhanden war.

Francesco hatte seinen Begleiter heimgeschickt, da er den Rückweg ungestört durch die Gegenwart eines Menschen machen wollte und überdies bei dem, was er am Herde Luchinos vorhatte, einen Zeugen nicht wünschen konnte. Er war inzwischen bereits bemerkt worden, und eine Anzahl schmuddliger und verfilzter Kinderköpfe streckten sich immer wieder neugierig zu dem schwarzverräucherten Türloch der Scarabotaschen Gesteinsburg heraus.

Langsam begann sich der Priester ihr anzunähern und betrat jenen Umkreis des Anwesens, der den großen Viehbestand des Besitzers anzeigte und von den Rückständen einer großen Herde Rinder und Ziegen verunreinigt war. In Francescos Nase stieg stärker und stärker mit der dünnen und kräftigen Bergluft Rinder- und Ziegenduft, dessen steigende Penetranz am Eingang der Wohnung durch zugleich mit ihm herausdringenden Holzkohlenrauch erträglich gemacht wurde. Als Francesco im Rahmen der Tür erschien und mit seiner schwarzen Soutane das Licht verstellte, waren die Kinder ins Dunkel zurückgewichen, von wo sie dem Gruße des Priesters, der sie nicht sah, und allen seinen Anreden Schweigen entgegensetzten. Nur eine alte Mutterziege kam, meckerte leise und beschnüffelte ihn.

Allmählich war es im Innern des Raumes für das Auge des Boten Gottes heller geworden. Er sah einen Stall, mit einer hohen Dungschicht gefüllt und nach hinten in eine natürliche Höhle vertieft, die ursprünglich im Nagelfluh, oder was für Gestein es sein mochte, vorhanden war. In einer groben Steinwand rechts war ein Durchgang geöffnet, durch den der Priester einen Blick auf den jetzt verlassenen Herd der Familie tat: einen Aschenberg, innen noch voll Glut, und zwar auf dem natürlich zutage liegenden Felsen des Fußbodens aufgeschichtet. An einer von dickem Ruß überdeckten Kette hing ein verbeulter, ebenfalls verrußter kupferner Topf darüber herab. An dieser Feuerstätte des Steinzeitmenschen stand eine lehnenlose Bank, deren faustdickes, breites Sitzbrett auf zwei ebenso breiten, im Felsen befestigten Pfeilern ruhte und das seit einem Jahrhundert und länger von Generationen ermüdeter Hirten, Hirtenweiber und Kinder abgewetzt und poliert worden war. Das Holz schien nicht mehr Holz, sondern ein gelber, polierter Marmor oder Speckstein zu sein, aber mit zahllosen Narben und Schnitten. Der quadratische Raum, der im übrigen mit seinen natürlich ungeputzten, aus rohen Blöcken und Schieferplatten geschichteten Mauern mehr einer Höhle glich und aus dem der Qualm durch die Tür in den Stall und wiederum von dort durch die Tür vollends ins Freie drang, weil er außer etwa durch Undichtigkeiten der Wände sonst keinen Abzug hatte, der Raum also war vom Qualm und Ruß der Jahrzehnte geschwärzt, so daß man beinahe den Eindruck gewinnen konnte, im Innern eines dickverrußten Kamines zu sein.

Eben bemerkte Francesco den eigentümlichen Glanz von Augen, die aus einem Winkel hervorleuchteten, als draußen ein Rollen und Rutschen von Gesteinschutt hörbar ward und gleich darauf die Gestalt Luchino Scarabotas in die Tür und wie ein lautloser Schatten vor die Sonne trat, wodurch sich der Raum noch tiefer verdunkelte. Der verwilderte Berghirt atmete schwer, nicht allein deshalb, weil er in kurzer Zeit den Weg von einer entfernten, höher gelegenen Alm gemacht, nachdem er von dort aus die Ankunft des Priesters beobachtet hatte, sondern weil dieser Besuch ein Ereignis für den Verfemten war.

Die Begrüßung war kurz. Francesco wurde von seinem Wirt zum Sitzen genötigt, nachdem er die Specksteinbank mit seinen rauhen Händen von Steinen und abgerissenen Kuhblumen gesäubert hatte, die der verfluchten Brut seiner Kinder als Spielzeug gedient hatten.

Der Berghirte schürte und blies aus vollen Backen das Feuer an, wobei seine fieberhaften Augen im Widerschein noch wilder erglänzten. Er nährte die Flamme mit Scheiten und trockenem Reisig auf, so daß der beizende Qualm den Priester beinahe vertrieben hätte. Das Betragen des Hirten war von kriechender Unterwürfigkeit und von einem ängstlichen Eifer getragen, dermaßen, als ob nun alles darauf ankäme, sich die Gnade des höheren Wesens nicht zu verscherzen, das seine schlechte Wohnung betreten hatte. Er brachte eine große, schmutzige Gelte voll Milch herbei, deren Oberfläche dicken Rahm abgesetzt hatte, aber leider auf eine unglaubliche Weise verunreinigt war, so daß Francesco sie schon deshalb nicht anrühren konnte. Er wies aber auch den Genuß von frischem Käse und reinlichem Brote zurück, trotzdem er hungrig geworden war, weil er sich in abergläubischer Scheu damit zu versündigen fürchtete. Schließlich, als der Berghirt sich ein wenig beruhigt hatte und mit furchtsam wartenden Blicken und hängenden Armen ihm gegenüberstand, begann der Priester also zu reden:

»Luchino Scarabota, Ihr sollt des Trostes unserer heiligen Kirche nicht verlustig gehen, und Eure Kinder sollen aus der Gemeinschaft katholischer Christen nicht ferner verstoßen sein, wenn es sich entweder herausstellt, daß die üblen Gerüchte über Euch unwahr sind, oder wenn Ihr redlich beichtet, Reue und Zerknirschung zeigt und Euch bereit findet, mit Gottes Hilfe den Stein des Anstoßes aus dem Wege zu räumen. Also öffnet mir zuerst Euer Herz, Scarabota, bekennet mit Freimut, worin Ihr verleumdet seid, und mit wahrhaftiger Wahrheit die Sündenschuld, die Euch etwa belastet.«

Nach dieser Anrede schwieg der Hirt. Es rang sich nur plötzlich ein kurzer, wilder Ton aus seiner Kehle hervor, der aber keinerlei Gefühl verriet, vielmehr etwas Glucksendes, Vogelartiges an sich hatte. Wie es Francesco geläufig war, schritt er alsbald dazu, dem Sünder die schrecklichen Folgen der Verstocktheit vorzustellen und die versöhnliche Güte und Liebe Gottes des Vaters, die er durch das Opfer seines einigen Sohnes bewiesen habe, das Opfer des Lammes, das die

Sünden der Welt auf sich nahm. »Durch Jesum Christum«, schloß er, »kann jede Sünde vergeben werden, vorausgesetzt, daß eine rückhaltlose Beichte, verbunden mit Reue und Gebet, dem himmlischen Vater die Zerknirschung des armen Sünders bewiesen hat.«

Erst nachdem Francesco, der Priester, eine lange Weile gewartet hatte und sich achselzuckend erhob, wie es schien, um davonzugehen, begann der Hirte ein unverständliches Durcheinander von Worten durch die Kehle zu würgen: eine Art Gewölle, wie es der Raubvogel tut. Und mit gespannter Aufmerksamkeit versuchte der Priester das Verständliche aus dem Wuste festzuhalten. Aber dieses Verständliche erschien ihm ebenso wie das Dunkle fremd und wunderbar. Nur so viel ward aus der beängstigenden und beklemmenden Menge eingebildeter Dinge klar, daß Luchino Scarabota sich seines Beistandes gegen allerlei Teufel, die in den Bergen hausten und ihn bedrängten, versichern wollte.

Es hätte dem jungen, gläubigen Priester schlecht angestanden, am Dasein und Wirken von bösen Geistern zu zweifeln. War doch die Schöpfung erfüllt von allen Arten und Graden gefallener Engel aus dem Gefolge Luzifers, des Empörers, den Gott verstoßen hatte: hier aber grauste ihm, er wußte nicht, ob vor der Verfinsterung durch unerhörten Aberglauben, auf die er traf, oder ob vor der hoffnungslosen Erblindung durch Unwissenheit. Er beschloß, mittels einzelner Fragen sich über den Vorstellungskreis und das Begriffsvermögen seines Parochialen ein Urteil zu bilden.

Da ward denn alsbald ersichtlich: dieser wilde, verwahrloste Mensch wußte nichts von Gott, noch viel weniger von Jesus Christus, dem Heiland, am allerwenigsten vom Vorhandensein eines Heiligen Geists. Dagegen gewann es den Anschein, als fühle er sich von Dämonen umgeben und sei besessen von einem düsteren Verfolgungswahn. Und in dem Priester sah er nicht etwa den berufenen Diener Gottes, sondern viel eher einen mächtigen Zauberer oder den Gott. Was sollte Francesco anderes tun, als sich bekreuzigen, während der Hirte sich demütig auf die Erde warf und mit feuchten, wulstigen Lippen seine Schuhe abgöttisch zu belecken und mit Küssen zu bedecken begann.

Der junge Priester hatte sich noch niemals in einer ähnlichen Lage befunden. Die dünne Bergluft, der Frühling, die Trennung von der eigentlichen Schicht der Zivilisation brachten es mit sich, daß sein Bewußtsein sich ein wenig umnebelte. Etwas wie ein traumhafter Bann zog ins Bereich seiner Seele ein, darin sich die Wirklichkeit zu schwebenden Luftgebilden auflöste. Diese Veränderung verband sich mit einer leisen Furchtsamkeit, die ihm mehrmals schleunige Flucht hinab ins Bereich der geweihten Kirchen und Glocken anraten wollte. Der Teufel war mächtig, wer konnte wissen, wie viele Mittel und Wege er hatte, den ahnungslosen, gutgläubigsten Christen hinanzulocken und vom Rande eines schwindelerregenden Abgrunds hinabzustürzen.

Man hatte Francesco nicht gelehrt, daß die Götzen der Heiden nur leere Gebilde der Phantasie und nichts weiter gewesen seien. Die Kirche anerkannte ausdrücklich ihre Macht, nur daß sie dieselbe als eine Gott feindliche hinstellte. Sie kämpften noch immer, wenn auch hoffnungslos, mit dem allmächtigen Gott um die

Welt. Deshalb erschrak der bleiche junge Priester nicht wenig, als sein Wirt ein hölzernes Ding aus irgendeinem Winkel seiner Behausung hervorholte, eine greuliche Schnitzerei, die zweifellos einen Fetisch vorstellte. Trotz seines priesterlichen Abscheus vor dem zuchtlosen Gegenstand konnte Francesco nicht umhin, das Gebilde näher zu betrachten. Mit Abscheu und Staunen gestand er sich, daß hier die scheußlichste heidnische Greuel, nämlich die des ländlichen Priapdienstes, noch lebendig sei. Nichts anderes als Priap konnte, wie klar ersichtlich war, das primitive Kultbild vorstellen.

Kaum hielt Francesco den kleinen, harmlosen Zeugungsgott, den Gott der ländlichen Fruchtbarkeit, der bei den Alten so offen in hohen Ehren stand, als sich die sonderbare Umklammerung seines Wesens in heiligen Zorn umsetzte. Er warf zunächst, ohne Überlegung, das schamlose kleine Alräunchen ins Feuer hinein, von wo es aber mit der Schnelligkeit eines Hundezufahrens der Hirt im selben Augenblick wieder herausholte. Es glimmte da und es brannte dort, wurde aber sofort durch die rauhen Hände des Heidenmenschen in den alten, ungefährlichen Zustand versetzt. Nun mußte es aber, samt seinem Retter, eine Flut von strafenden Worten über sich hingehen lassen.

Luchino Scarabota schien nicht zu wissen, welchen von beiden Göttern er für den stärkeren halten sollte: den von Holz oder den von Fleisch und Blut. Indessen hielt er den Blick, in dem sich Entsetzen und Grauen mit tückischer Wut mischten, auf die neue Gottheit gerichtet, deren frevelhafte Kühnheit jedenfalls nicht auf ein Bewußtsein von Schwäche schließen ließ. Einmal im Zuge, ließ sich der Bote des einigen und alleinigen

Gottes in seinem heiligen Eifer durch noch so gefährliche Blicke des umnachteten Götzendieners nicht einschüchtern. Und ohne alle Umstände kam er nun auch auf die verruchte Sünde zu sprechen, der, wie man allgemein behauptete, der Kindersegen des Berghirten zu verdanken war.

In die lauten Reden des jungen Priesters platzte gleichsam die Schwester Scarabotas hinein, die aber, ohne zu reden und nur verstohlen den Eiferer musternd, sich da und dort in der Höhle zu tun machte. Sie war ein bleiches und widerwärtiges Weib, dem Waschwasser, wie es schien, eine unbekannte Sache war. Man sah ihren nackten Körper durch die Risse verwahrloster Kleider unangenehm hindurchschimmern.

Nachdem der Priester geendet und seinen Vorrat von strafenden Anklagen fürs erste erschöpft hatte, schickte das Weib den Bruder mit einem kurzen, kaum hörbar gesprochenen Wort ins Freie hinaus. Ohne Widerspruch war der wilde Mensch sogleich wie der folgsamste Hund verschwunden. Hierauf küßte die schmutzstarrende Sünderin, der das verfilzte schwarze Haar über die breiten Hüften hing, mit den Worten »Gelobt sei Jesus Christus!« dem Priester die Hand.

Gleich darauf brach sie in Tränen aus.

Sie sagte, der Priester habe ganz recht, wenn er sie mit harten Worten verurteile. Sie habe sich allerdings versündigt gegen Gottes Gebot, wenn auch keineswegs in der Weise, wie es die Verleumdung ihr nachrede. Sie allein sei die Sünderin, ihr Bruder dagegen vollkommen unschuldig. Sie schwor, und zwar bei allen Heiligen, daß sie jener fürchterlichen Sünde, der man sie zeihe, der Blutschande nämlich, niemals verfallen wäre. Freilich habe sie unkeusch gelebt, und da sie nun einmal im Beichten sei, so sei sie bereit, die Väter ihrer Kinder zu beschreiben, wenn auch nicht alle namhaft zu machen. Denn nur die wenigsten Namen wisse sie, da sie, wie sie sagte, aus Not oftmals ihre Gunst an vorüberkommende Fremde verkauft habe.

Im übrigen habe sie ihre Kinder ohne jede Hilfe mit Schmerzen zur Welt gebracht, und einige hätte sie müssen da und dort, bald nach der Geburt, im Schutte des Generoso wieder begraben. Ob er sie nun absolvieren könne oder nicht, sie wisse trotzdem, daß Gott ihr verziehen habe, denn sie habe durch Nöte, Leiden und Sorgen genügsam gebüßt.

Francesco konnte nicht anders, als die weinende Beichte des Weibes wie ein Gewebe von Lügen ansehen, wenigstens soweit das Verbrechen in Frage kam. Freilich fühlte er, es gab Handlungen, die jedem Bekenntnis vor Menschen unbedingt widerstreben und die nur Gott allein in einsamer Stille des Gebetes erfährt. Er achtete in dem verkommenen Weibe diese Schamhaftigkeit und konnte sich überhaupt nicht verhehlen, daß sie in mancher Beziehung höher als ihr Bruder geartet war. In der Art ihrer Rechtfertigung lag eine klare Entschlossenheit. Das Auge gestand, aber ein Geständnis durch Worte würden ihr weder gutes Zureden noch glühende Zangen des Henkers entrissen haben. Sie war es gewesen, wie sich ergab, die den Mann zu Francesco gesandt hatte. Sie hatte den jungen bleichen Priester gesehen, als sie eines Tages nach Lugano zum Markte ging, wo sie die Erzeugnisses ihrer Alm verhandelte, und sie hatte bei seinem Anblick Vertrauen und den Gedanken gefaßt, ihm ihre verfemten Kinder ans Herz zu legen. Sie allein war das Familienhaupt und trug die Sorge für Bruder und Kinder.

»Ich lasse es unerörtert«, sagte Francesco, »inwieweit Ihr schuldig oder unschuldig seid. Eines steht fest: wenn Ihr Eure Kinder nicht wie Tiere aufwachsen lassen wollt, so müßt Ihr Euch von dem Bruder trennen. Solange Ihr mit ihm lebt, wird der furchtbare Leumund, den Ihr habt, niemals zum Schweigen zu bringen sein. Immer wird man die schreckliche Sünde bei Euch voraussetzen.«

Nach diesen Worten schien Verstockung und Trotz im Gemüte des Weibes herrschend zu werden; jedenfalls gab sie keine Antwort und widmete sich so, als ob kein Fremder zugegen wäre, eine längere Weile häuslicher Tätigkeit. Währenddessen kam ein etwa fünfzehnjähriges Mädchen herein, das einige Ziegen in die Öffnung des Stalles trieb und sich alsdann, ebenfalls als wenn Francesco nicht da wäre, an der Arbeit des Weibes beteiligte. Der junge Priester wußte sofort, als er nur erst den Schatten des Mädchens durch die Tiefe der Höhle gleiten sah, daß es von ungewöhnlicher Schönheit sein mußte. Er bekreuzte sich, denn er hatte einen leisen Schrecken unerklärlicher Art im Körper gespürt. Er wußte nicht, ob er in Gegenwart der jugendlichen Hirtin seine Ermahnungen wieder aufnehmen sollte. Zwar war sie, wie nicht zu bezweifeln war, von Grund aus verderbt, da Satan sie auf dem Wege der schwärzesten Sünde zum Leben erweckt hatte; aber es konnte doch noch ein Rest von Reinheit in ihr sein, und wer mochte wissen, ob sie von ihrem schwarzen Ursprung eine Ahnung hatte.

Ihre Bewegungen zeigten jedenfalls eine große Gelassenheit, aus der man keineswegs auf Unruhe des Gemütes oder Gewissensbeschwernis schließen konnte. Im Gegenteil war alles an ihr von einer bescheidenen Selbstsicherheit, die durch das Dasein des Pfarrers nicht berührt wurde. Sie hatte Francesco bis jetzt nicht mit einem Blicke gestreift, wenigstens nicht so, daß er ihrem Auge begegnet wäre oder sie sonstwie ertappt hätte. Ja, während er selbst sie verstohlen durch die Brille beobachtete, mußte er mehr und mehr in Zweifel ziehen, ob wirklich ein Kind der Sünde, ein Kind solcher Eltern von dieser Beschaffenheit sein könnte. Endlich verschwand sie über eine Steigeleiter in eine Art Dachgelaß hinauf, so daß nun Francesco sein mühsames Seelsorgerwerk fortsetzen konnte.

»Ich kann meinen Bruder nicht verlassen«, sagte die Frau, »und zwar ganz einfach deshalb, weil er ohne mich hilflos ist. Er kann zur Not seinen Namen schreiben, und ich habe ihm das nur mit der größten Mühe beigebracht. Er kennt keine Münze, und vor der Eisenbahn, der Stadt und den Menschen fürchtet er sich. Wenn ich fortgehe, wird er mich verfolgen, wie ein armer Hund seinen verlorenen Herrn verfolgt. Er wird mich entweder finden oder elend zugrunde gehen: und was soll dann aus den Kindern und unserem Besitztum werden? Bleibe ich mit den Kindern hier, so wollte ich den wohl sehen, dem es gelänge, meinen Bruder fortzuschaffen: man müßte ihn denn in Ketten tun und hinter Eisenstangen in Mailand einschließen.«

Der Priester sagte: »Dies kann sich am Ende noch ereignen, wenn Ihr meinem guten Rate nicht folgen wollt.«

Da gingen die Ängste des Weibes in Wut über. Sie habe ihren Bruder zu Francesco geschickt, damit er sich ihrer erbarme, aber nicht deshalb, damit er sie unglücklich mache. Es sei ihr dann schon lieber, von denen da unten gehaßt und ausgestoßen weiterzuleben wie bisher. Sie sei eine gute Katholikin, aber wen die Kirche ausstoße, der habe ein Recht, sich dem Teufel anheimzugeben. Und was sie bisher noch nicht getan habe, die große, ihr zur Last gelegte Sünde, werde sie dann vielleicht erst tun.

In diese mit einzelnen Schreien gemischten, gepreßten Worte der Frau hörte Francesco von dort, wo das Mädchen verschwunden war, von oben her, immer einen süßen Gesang bald im leisesten Hauch, bald stärker schwellend hineinklingen: so daß seine Seele mehr in diesem melodischen Banne als bei den Wutausbrüchen des verkommenen Weibes war. Und eine Welle stieg heiß in ihm, verbunden mit einer Bangigkeit, wie er sie nie gefühlt hatte. Das qualmige Loch dieses tierisch-menschlichen Wohnstalles schien, wie durch Zauberei, in die lieblichste aller kristallenen Grotten des Danteschen Paradieses verwandelt zu sein: – voll Engelstimmen und lachtaubenartig klingender Fittiche.

Er ging. Es war ihm unmöglich, noch länger, ohne sichtbar zu beben, solchen verwirrenden Einflüssen standzuhalten. Draußen, vor dem ausgehöhlten Steinhaufen angelangt, sog er die Frische der Bergluft ein und ward sogleich, wie ein leeres Gefäß, mit dem ungeheuren Eindruck der Bergwelt angefüllt. Seine Seele ward gleichsam in die weiteste Kraft des Auges verlegt und bestand aus den kolossalen Massen der Erdrinde, von fernen schneeichten Spitzen zu nahen furchtbaren Abgründen, unter der königlichen Helle des Frühlingstags. Noch immer sah er braune Fischadler überm Zuckerhut von Sant' Agata ihre selbstvergessenen Kreise ziehn. Da verfiel er darauf, der verfemten Familie dort einen heimlichen Gottesdienst abzuhalten, und eröffnete diesen Gedanken der Frau, die kummervoll auf die vom gelben Löwenzahn umwucherte Schwelle der Höhle getreten war. »Nach Soana dürft Ihr nicht kommen, wie Ihr ja selber wißt«, sagte er, »würde ich Euch dazu einladen, ich und Ihr, wir würden gleich übel beraten sein.«

Wiederum ward das Weib bis zu Tränen gerührt und versprach, sich an einem bestimmten Tage mit dem Bruder und den älteren Kindern vor der Kapelle von Sant' Agata einzufinden.

Als der junge Priester so weit aus dem Bereich der Wohnstätte Luchino Scarabotas und seiner fluchbeladenen Familie war, daß er von dort aus nicht mehr gesehen werden konnte, wählte er einen von der Sonne durchwärmten Block zum Ruheplatz, um über das eben Erlebte nachzudenken. Er sagte sich, daß er zwar mit einem schauerlichen Interesse, aber doch pflichtmäßig nüchternen Sinnes und ohne jeden Vorschmack von dem heraufgestiegen war, was ihn jetzt auf so ahnungsvolle Weise beunruhigte. Was war das doch? Er zupfte, strich und putzte lange an seiner Soutane herum, als ob er es dadurch loslösen könnte.

Als er nach einiger Zeit noch immer nicht die erwünschte Klarheit empfand, nahm er gewohnheitsgemäß sein Brevier aus der Tasche, aber auch das alsbald begonnene laute Lesen befreite ihn nicht von einer gewissen wunderlichen Unschlüssigkeit. Es war ihm zumute, als ob er irgend etwas, einen wichtigen Punkt seiner Sendung, zu erledigen vergessen hätte. Deshalb wandte er seine Blicke unter der Brille immer wieder mit einer gewissen Erwartung den Weg zurück und konnte sich nicht ermannen, den begonnenen Abstieg fortzusetzen.

So verfiel er in seltsame Träumerei, aus der ihn zwei kleine Vorfälle weckten, die seine aus dem gewohnten Bereich gebrochene Phantasie mit erheblicher Übertreibung sah: erstlich zersprang ihm mit einem Knick, durch den Einfluß der kalten Bergluft, das rechte Brillenglas, und fast unmittelbar darauf hörte er ein fürchterliches Geprust über seinem Kopf und spürte einen heftigen Druck auf den Schultern.

Der junge Priester war aufgesprungen. Er lachte laut, als er die Ursache seines panischen Schreckens in einem scheckigen Geißbock erkannte, der ihm einen Beweis seines unbegrenzten Vertrauens dadurch gegeben hatte, daß er ohne jedwede Rücksicht gegen sein geistliches Gewand mit den Vorderhufen auf seine Schultern gesprungen war.

Damit begann aber erst seine höchst vertrauliche Zudringlichkeit. Der zottige Bock mit den starken, schön gewundenen Hörnern und feuerspeienden Augen war gewohnt, wie es schien, vorüberkommende Bergsteiger anzubetteln, und tat dies auf eine so drollige, entschlossene und unwiderstehliche Art, daß man sich seiner nur durch die Flucht erwehren konnte. Er setzte Francesco immer wieder, hochaufgebäumt, die Hufe vor die Brust und schien entschlossen, nachdem der Bedrängte sich eine Durchschnupperung seiner Taschen hatte gefallen lassen müssen und einige Brotreste mit unglaublicher Gier verschluckt worden waren, Haar, Nase und Finger des Priesters abzuknabbern.

Eine alte, bärtige Geiß, der Glocke und Euter bis auf die Erde hingen, war dem Wegelagerer nachgefolgt und begann, durch diesen ermutigt, den Priester ebenso zu bedrängen. Ihr hatte das mit Goldschnitt und Kreuz versehene Brevier besonderen Eindruck gemacht, und es gelang ihr, während Francesco mit der Abwehr eines gewundenen Bockshorns zu tun hatte, sich des Büchelchens zu bemächtigen. Und seine schwarz bedruckten Blätter für grüne nehmend, aß sie, nach des Propheten Vorschrift, die heiligen Wahrheiten buchstäblich und gierig in sich hinein.

In solchen Nöten, die sich durch Ansammlung anderer, vereinzelt weidender Tiere noch gesteigert hatten, erschien mit einemmal die Hirtin als Retterin. Es war ebendasselbe Mädchen, das Francesco zuerst in der Hütte Luchinos flüchtig erblickt hatte. Er sagte, als die schlanke und starke Person, nachdem sie die Ziegen verscheucht hatte, mit frisch geröteten Wangen und lachenden Augen vor ihm stand: »Du hast mich gerettet, braves Mädchen!« Und er setzte ebenfalls lachend hinzu, indem er sein Brevier aus den Händen der jungen Eva entgegennahm: »Es ist eigentlich wunderlich, daß ich trotz meines Hirtenamts gegen deine Herde so hilflos bin.«

Ein Priester darf sich nicht länger, als seine kirchliche Pflicht etwa erfordert, mit einem jungen Mädchen oder Weibe unterhalten, und die Gemeinde vermerkt es sofort, wenn er außerhalb der Kirche bei einer solchen Begegnung zu zweien gesehen wird. So hatte denn auch Francesco, eingedenk seines strengen Berufs, ohne sich lange zu verweilen, seinen Rückweg fortgesetzt: dennoch hatte er ein Gefühl, als ob er sich auf einer Sünde ertappt hätte und bei nächster Gelegenheit sich durch eine reuige Beichte reinigen müsse. Noch war er nicht aus dem Bereich der Herdenglocken gelangt, als der Klang einer weiblichen Stimme zu ihm drang, der ihn plötzlich wiederum alle Meditationen vergessen machte. Die Stimme war so geartet, daß er nicht auf den Gedanken kam, sie könne der eben zurückgelassenen Hirtin angehören. Francesco hatte nicht nur zu Rom die kirchlichen Sänger des Vatikans, sondern auch öfters früher mit seiner Mutter in Mailand weltliche Sängerinnen gehört, und also war ihm Koloratur und Bel canto der Primadonnen nicht unbekannt. Er stand unwillkürlich still und wartete. Unzweifelhaft sind es Touristen von Mailand, dachte er und hoffte womöglich im Vorübergehen die Besitzerin dieser herrlichen Stimme ins Auge zu fassen. Da sie nicht kommen wollte, setzte er weiter Fuß vor Fuß, sorgsam absteigend, in die schwindelerregende Tiefe hinunter.

Was Francesco im ganzen und im einzelnen auf diesem Berufsgang erlebt hatte, war äußerlich nicht der Rede wert, wenn man die Greuel nicht in Erwägung zieht, die ihre Brutstätte in der Hütte der armen Geschwister Scarabota hatte. Aber der junge Priester fühlte sogleich, wie diese Bergfahrt für ihn ein Ereignis von großer Bedeutung geworden war, wenn er auch über den ganzen Umfang dieser Bedeutung vorläufig noch nicht entfernt Bescheid wußte. Er spürte, daß von innen heraus eine Umwandlung mit ihm vorgegangen war. Er befand sich in einem neuen Zustande, der ihm von Minute zu Minute wunderlicher und einigermaßen verdächtig war, aber doch lange nicht so verdächtig, daß er womöglich den Satan gewittert oder etwa ein Tintenfaß nach ihm geschleudert haben würde, wenn er es auch in der Tasche gehabt hätte. Die Bergwelt lag wie ein Paradies unter ihm. Zum allerersten Male wünschte er sich, mit unwillkürlich gefalteten Händen, Glück, von seinem Oberen gerade mit der Verwaltung dieser Pfarre betraut worden zu sein. Was war, gegen diese köstliche Tiefe gehalten, Petri Tuch, das, an drei Zipfeln von Engeln gehalten, vom Himmel kam. Wo gab es eine für Menschenbegriffe größere Majestät als diese unzugänglichen Generososchroffen, an denen fort und fort der dumpfe Frühlingsdonner schmelzenden Schnees in Lawinen hörbar ward.

Vom Tage seines Besuches bei den Verfemten an konnte sich Francesco zu seinem Erstaunen nicht mehr in den gedankenlosen Frieden seines früheren Daseins zurückfinden. Das neue Gesicht, das die Natur für ihn angenommen hatte, verblaßte nicht mehr, und sie wollte sich auf keine Weise in ihren früheren, unbeseelten Zustand zurückdrängen lassen. Die Art ihrer Einwirkungen, durch die der Priester nicht nur am Tage, sondern auch in seinen Träumen beängstet wurde, nannte er und erkannte er zunächst als Versuchungen. Und da der Glaube der Kirche, schon dadurch, daß er ihn bekämpft, mit dem heidnischen Aberglauben verschmolzen ist, so führte Francesco seine Verwandlung allen Ernstes auf die Berührung jenes hölzernen Gegenstandes zurück, jenes Alräunchens, das der struppige Hirt aus dem Feuer gerettet hatte. Da war unzweifelhaft noch ein Rest jener Greuel lebendig geblieben, der die Alten unter dem Namen des Phallusdienstes huldigten, jenes schmachvollen Kultes, der durch den heiligen Krieg des Kreuzes Jesu in der Welt niedergezwungen worden war. – Bis dahin, als er den scheußlichen Gegenstand erblickt hatte, war allein das Kreuz in Francescos Seele eingebrannt. Man hatte ihn, nicht anders, wie wenn man die Schafe einer Herde mit einem glühenden Stempel zeichnet, mit dem Brandmal des Kreuzes versehen, und dieses Stigma war, im Wachen und Träumen gegenwärtig, zum Wesenssymbol seiner selbst geworden. Nun blickte der leidige und leibhaftige Satan über dem Kreuzesbalken herab, und das höchst unsaubere, entsetzliche Satyrsymbol nahm in immerwährendem Wettstreit mehr und mehr die Stelle des Kreuzes ein.

Francesco hatte, neben dem Bürgermeister, vor allem seinem Bischof über den Erfolg seines Hirtenganges Bericht erstattet; die Antwort, die er von ihm erhielt, war eine Billigung seines Vorgehens. »Vor allem«, schrieb der Bischof, »vermeiden wir jedes laute Ärgernis.« Er fand es überaus klug, daß Francesco für die armen Sünder einen besonderen und geheimen Gottesdienst auf Sant' Agata, in der Kapelle der heiligen Mutter Mariens, anberaumt hatte. Aber die Anerkennung seines Oberen konnte den Seelenfrieden Francescos nicht herstellen; er vermochte den Gedanken nicht loszuwerden, daß er von dort oben mit einer Art Bezauberung behaftet zurückgekommen sei.

In Ligornetto, wo Francesco geboren war und wo

sein Oheim, der berühmte Bildhauer, die letzten zehn Jahre seines Lebens zugebracht hatte, war noch derselbe alte Pfarrer, der ihn als Knaben in die Heilswahrheiten des katholischen Glaubens eingeführt und ihm den Weg der Gnade gewiesen hatte. Diesen alten Priester suchte er eines Tages auf, nachdem er den Weg von Soana bis Ligornetto in beiläufig drei Stunden zurückgelegt hatte. Der alte Priester hieß ihn willkommen und war mit sichtlicher Rührung bereit, die Beichte des jungen Mannes, die er ihm abzulegen wünschte, entgegenzunehmen. Natürlich absolvierte er ihn.

Francescos Gewissensnöte sind ungefähr in folgender Eröffnung, die er dem Alten machte, ausgedrückt. Er sagte: »Seit ich bei den armen Sündern auf der Alpe von Soana war, befinde ich mich in einer Art von Besessenheit. Ich schüttele mich. Es ist mir, als hätte ich nicht etwa einen anderen Rock, sondern geradezu eine andere Haut angezogen. Wenn ich den Wasserfall von Soana rauschen höre, so möchte ich am liebsten in die tiefe Schlucht hinunterklettern und mich unter die stürzenden Wassermassen stellen, stundenlang, gleichsam um äußerlich und innerlich rein und gesund zu werden. Sehe ich das Kreuz in der Kirche, das Kreuz über meinem Bett, so lache ich. Es will mir nicht gelingen, wie früher, zu weinen und zu seufzen und mir die Leiden des Heilands vorzustellen. Dagegen werden meine Augen von allerlei Gegenständen angezogen, die dem Alräunchen des Luchino Scarabota ähnlich sind. Manchmal sind sie ihm auch ganz unähnlich, und ich sehe doch eine Ähnlichkeit. Um zu studieren, um mich in das Studium der Kirchenväter recht tief versenken zu können, hatte ich Vorhänge an die Fenster meines Stübchens gemacht. Ich habe sie nun hinweggenommen. Der Gesang der Vögel, das Rauschen der vielen Bäche durch die Wiesen an meinem Haus nach der Schneeschmelze, ja der Duft der Narzissen störte mich. Jetzt öffne ich meine Fensterflügel weit, um das alles recht gierig zu genießen.

Dies alles beängstet mich«, hatte Francesco fortgefahren, »aber es ist vielleicht nicht das Schlimmste. Schlimmer ist vielleicht, daß ich, wie durch schwarze Magie, in das Machtbereich unsauberer Teufel geraten bin. Ihr Zwicken und Zwacken, ihr freches Kitzeln und Anreizen zur Sünde, zu jeder Stunde tages und nachts, ist fürchterlich. Ich öffne das Fenster, und durch ihren Zauber kommt es mir vor, als strotze der Gesang der Vögel in dem blühenden Kirschbaum unter meinem Fenster von Unzüchtigkeit. Ich werde durch gewisse Formen der Rinde der Bäume herausgefordert und durch sie, ja durch gewisse Linien der Berge an Teile des corporis feminini erinnert. Es ist ein schrecklicher Sturmlauf hinterlistiger, tückischer und häßlicher Dämonen, dem ich trotz aller Gebete und Kasteiungen überantwortet bin. Die ganze Natur, ich sage es Euch mit Schaudern, rauscht, braust und donnert manchmal vor meinen erschrockenen Ohren ein ungeheures Phalluslied, womit sie, wie ich trotz allen Sträubens zu glauben gezwungen bin, dem erbärmlichen, kleinen, hölzernen Götzen des Hirten huldigt.

Dies alles steigert natürlich«, hatte Francesco fortgefahren, »meine Unruhe und Gewissensnot, um so mehr, als ich es als meine Pflicht erkenne, gegen den Pestherd oben auf der Alp als Streiter zu Felde zu ziehen. Es ist aber immer noch nicht der ärgste Teil meines Bekenntnisses. Schlimmer ist: sogar in die eigensten Pflichten meines Berufs hat sich, mit einer gleichsam höllischen Süßigkeit, etwas wie ein allesverwirrendes, unaustilgbares Gift gemischt. Ich bin zunächst mit reiner und heiliger Gewalt durch die Worte Jesu von dem verlorenen Schaf und dem Hirten, der die Herde verläßt, um es von den unzugänglichen Felsen zurückzubringen, ergriffen worden. Nun aber zweifle ich, ob diese Absicht noch immer in alter Reinheit vorhanden ist. Sie hat an leidenschaftlichem Eifer zugenommen. Ich erwache des Nachts, das Gesicht in Tränen gebadet, und alles löst sich, ob der verlorenen Seelen da oben, bei mir in schluchzendes Mitleid auf. Doch wenn ich sage: verlorene Seelen, so ist hier vielleicht der Punkt, wo mit einem scharfen Schnitt die Lüge von der Wahrheit getrennt werden muß. Nämlich die sündige Seele Scarabotas und seiner Schwester wird vor meinem inneren Auge einzig und allein durch das Bild ihrer Sündenfrucht, das heißt ihrer Tochter, eingenommen.

Ich frage mich nun, ob nicht unerlaubtes Verlangen nach ihr die Ursache meines scheinbar gottgefälligen Eifers ist und ob ich recht tue und nicht Gefahr des ewigen Todes laufe, wenn ich mein scheinbar gottgefälliges Werk fortsetze.«

Meist sehr ernst, doch einige Male lächelnd hatte der alte, welterfahrene Priester die pedantische Beichte des Jünglings angehört. Dies war Francesco, wie er ihn kannte, mit seinem gewissenhaften äußeren und inneren Ordnungssinn und seinem Bedürfnis nach übersichtlicher Akkuratesse und Sauberkeit. Er sagte:

»Francesco, fürchte dich nicht. Schreite nur weiter deinen Weg, wie du ihn immer geschritten bist. Es kann dich nicht wundern, wenn sich die Machenschaften des bösen Feindes gerade dann am mächtigsten und gefährlichsten zeigen, wenn du daran gehst, ihm seine schon gleichsam sicheren Opfer wiederum zu entreißen.«

In befreiter Stimmung trat Francesco aus der Pfarrwohnung auf die Straße des kleinen Ortes Ligornetto heraus, in dem er seine erste Jugend verlebt hatte. Es ist ein Dörfchen, das, auf breiter Talsohle ziemlich flach gelegen, von fruchtbaren Feldern umgeben ist, auf dem über Gemüse und Halmenfrüchten sich die Weinrebe, festgedrehten dunklen Strängen gleich, von Maulbeerbaum zu Maulbeerbaum herüber und hinüber schlingt. Auch diese Lage wird von den gewaltigen Schroffen des Monte Generoso beherrscht, der hier, in seiner Westseite, von seinen breiten Fundamenten aus majestätisch sichtbar wird.

Es war um die Mittagszeit, und Ligornetto befand sich, wie es schien, in einem Zustand der Verschlafenheit. Francesco wurde auf seinem Gange kaum von einigen gackernden Hühnern, einigen spielenden Kindern und am Ende des Dorfes von einem kläffenden Hündchen begrüßt. Hier, nämlich am Ende des Dorfes, war, wie ein Riegel, das mit den Mitteln eines vermögenden Mannes errichtete Wohnhaus seines Oheims vorgeschoben, das Buen Retiro jenes Vincenzo, des Bildhauers, das nun unbewohnt und als eine Art Gedächtnisstiftung in den Besitz des Kantons Tessin übergegangen war. Francesco schritt die Stufen zu dem verlassenen und verwilderten Garten hinauf und gab alsdann dem plötzlich entstandenen Wunsche nach, auch einmal das Innere des Hauses wiederzusehen. Nahe wohnende Bauersleute, alte Bekannte, händigten ihm den Schlüssel aus.

Die Beziehungen, die der junge Priester zur Kunst hatte, waren die bei seinem Stande herkömmlichen. Sein berühmter Oheim war seit etwa zehn Jahren tot, und nach dem Tage der Bestattung hatte Francesco die Räume des berühmten Künstlerheims nicht wieder gesehen. Er hätte nicht sagen können, was ihn auf einmal zum Besuche des leeren Hauses bewog, das er bisher meist nur mit flüchtiger Anteilnahme im Vorübergehen betrachtet hatte. Der Oheim war ihm niemals mehr als eine Respektsperson, deren Wirkungskreis ihm eine fremde, nichtsbedeutende Sache war.

Als Francesco den Schlüssel im Schloß gewendet hatte und durch die in verrosteten Angeln knarrende Tür den Hausflur betrat, kam ihn ein leiser Schauder an vor der verstaubten Stille, die ihm den Treppenaufgang herab und von allenthalben aus den offenstehenden Zimmern entgegenhauchte. Gleich rechts vom Hausflur war des verstorbenen Künstlers Bibliothek, die sogleich erkennen ließ, daß hier ein bildungseifriger Mann gelebt hatte. In niedrigen Schränken fanden sich hier, außer Vasari, die sämtlichen Werke von Winckelmann, während der italienische Parnaß durch die Sonette von Michelangelo, durch Dante, Petrarca, Tasso, Ariost und andere vertreten war. In eigens gebauten Schränken war eine Sammlung von Handzeichnungen und Radierungen untergebracht, eine andere von Medaillen der Renaissance und allerlei wertvolle Seltenheiten, darunter bemalte etruskische

Tonvasen, und einige andere Antiken aus Bronze und Marmor waren im Zimmer aufgestellt. Da und dort hing ein besonders schönes Blatt von Lionardo und Michelangelo eingerahmt an der Wand, das etwa einen männlichen oder weiblichen Körper nackt darstellte. Das folgende kleine Kabinett war sogar beinahe von oben bis unten an dreien seiner Wände mit solchen Objekten angefüllt.

Von da aus trat man in einen Kuppelsaal, dessen Höhe durch mehrere Stockwerke reichte und der von oben sein Licht empfing. Hier hatte Vincenzo mit Modellierholz und Meißel gearbeitet, und die Gipsabgüsse seiner besten Schöpfungen füllten in einer gedrängten und stummen Versammlung diesen beinahe kirchlichen Raum.

Beengt, ja beängstigt und vor dem Hall seiner eignen Schritte erschreckend, gleichsam mit bösem Gewissen war Francesco bis hierher gelangt und ging nun daran, eigentlich zum erstenmal dieses und jenes Werk des Oheims zu betrachten. Da war neben einer Statue Michelangelos Ghiberti zu sehen. Ein Dante war da, Werke, die mit Punktierungszeichen überdeckt waren, da man die Modelle vergrößert in Marmor ausgeführt hatte. Aber diese weltberühmten Gestalten konnten die Aufmerksamkeit des jungen Priesters nicht lange festhalten. Neben ihnen waren die Statuen dreier junger Mädchen aufgestellt, der Töchter eines Marchese, der vorurteilsfrei genug gewesen war, sie durch den Meister in völlig unbekleidetem Zustande porträtieren zu lassen. Dem Ansehen nach war die jüngste der jungen Damen nicht über zwölf, die zweite nicht über fünfzehn, die dritte nicht über siebzehn Jahr. Francesco erwachte erst, nachdem er die schlanken Körper lange selbstvergessen betrachtet hatte. Diese Arbeiten trugen ihre Nacktheit nicht, wie die der Griechen, als natürlichen Adel und Ebenbild der Gottheit zur Schau, sondern man empfand sie als Indiskretion aus dem Alkoven. Erstlich war die Kopie der Urbilder von diesen nicht losgelöst und als solche durchaus erkenntlich geblieben; und diese Urbilder schienen zu sagen: wir sind unanständig entblößt und gegen unseren Willen und unser Schamgefühl durch brutalen Machtspruch entkleidet worden. Als Francesco aus seiner Versenkung erwachte, pochte sein Herz, und er blickte furchtsam nach allen Seiten. Er tat nichts Schlimmes, aber er empfand es bereits als Sünde, mit solchen Gebilden allein zu sein.

Er beschloß, um nicht noch am Ende ertappt zu werden, so schnell als möglich davonzugehen. Als er jedoch die Haustür wieder erreicht hatte, klinkte er, statt sich zu entfernen, den Türgriff von innen ins Schloß und drehte dazu noch den Schlüssel herum, so daß er nun, in dem gespenstischen Hause des Toten eingesperrt, von niemand mehr überrascht werden konnte. Nachdem dies geschehen war, begab er sich vor das gipserne Ärgernis der drei Grazien zurück.

Hier kam ihn alsbald, indem sein Herzklopfen stärker wurde, ein bleicher und scheuer Wahnwitz an. Er empfand den Zwang, der ältesten unter den Marchesinnen, als wäre sie lebend, über das Haar zu streicheln. Obgleich diese Handlung offenkundig und seinem eigenen Urteil nach an Wahnsinn streifte, war sie doch noch einigermaßen priesterlich. Aber die zweite Marchesina mußte sich bereits ein Streicheln über

Schulter und Arm gefallen lassen: eine volle Schulter und einen vollen Arm, der in eine weiche und zärtliche Hand endigte. Bald war Francesco an der dritten, der jüngsten Marchesina durch weitergehende Zärtlichkeit und schließlich durch einen scheuen verbrecherischen Kuß unter die linke Brust zum fassungslos verwirrten und zerknirschten Sünder geworden, dem nicht besser zumute war als jenem Adam, der die Stimme des Herrn vernahm, nachdem er vom Apfel der Erkenntnis gekostet hatte. Er floh. Er lief wie gehetzt davon.

Die folgenden Tage verbrachte Francesco teils in den Kirchen mit Gebet, teils in seiner Pfarrwohnung mit Kasteiungen. Seine Zerknirschung und seine Reue war groß. Bei einer Inbrunst der Andacht, wie er sie bisher nicht gekannt hatte, durfte er hoffen, am Schlusse über die Anfechtungen des Fleisches Sieger zu sein. Immerhin war der Kampf des guten und bösen Prinzips in seiner Brust mit ungeahnter Furchtbarkeit losgebrochen, so daß es ihm schien, als ob Gott und der Teufel zum erstenmal ihren Kampfplatz in seine Brust verlegt hätten. Auch der eigentlich unverantwortliche Teil seines Daseins, der Schlaf, bot dem jungen Klerikus keinen Frieden mehr: denn gerade diese unbewachte nachtschlafende Zeit schien dem Satan besonders willkommen, verführerische und verderbliche Gaukeleien in der sonst so unschuldsvollen Seele des Jünglings anzurichten. Eines Nachts, am Morgen, er wußte nicht, ob es im Schlafen oder im Wachen geschehen war, sah er im weißen Lichte des Mondes die drei weißen Gestalten der schönen Töchter des Marchese in sein Zimmer und an sein Bett treten, und bei genauerem Anblick erkannte er, wie jede auf magische Weise mit dem Bilde der jungen Hirtin auf der Alpe von Santa Croce verschmolzen war.

Ohne Zweifel war von dem spielzeugartig kleinen Anwesen Scarabotas bis herunter ins Zimmer des Priesters, in das die Alpe durchs Fenster sah, eine Verbindung hergestellt, deren Hanf nicht von Engeln gesponnen wurde. Francesco wußte genug von der himmlischen Hierarchie und ebenso auch genug von der höllischen, um sofort zu erkennen, wes Geistes Kind diese Arbeit war. Francesco glaubte an Hexenkunst. Erfahren in manchem Zweige der scholastischen Wissenschaft, nahm er an, daß böse Dämonen, um gewisse verderbliche Wirkungen auszuüben, sich den Einfluß der Gestirne zunutze machen. Er hatte gelernt, hinsichtlich des Körpers gehöre der Mensch zu den Himmelskörpern, der Verstand stelle ihn den Engeln gleich, sein Wille sei unter Gott geordnet, aber Gott lasse es zu, daß gefallene Engel seinen Willen von Gott ablenkten, und das Reich der Dämonen nehme durch Bündnis mit solchen schon verführten Menschen zu. Überdies könne ein zeitlicher, körperlicher Affekt, von den höllischen Geistern ausgenützt, oft die Ursache ewigen Verderbens eines Menschen sein. Kurz, der junge Priester zitterte bis ins Mark seiner Knochen und fürchtete sich vor dem giftigen Biß der Diaboli, vor den Dämonen, die nach Blut riechen, vor der Bestie Behemoth und ganz besonders vor Asmodeus, dem ausgemachten Dämon der Hurerei.

Er konnte sich zunächst nicht entschließen, bei den verfluchten Geschwistern die Sünde der Hexenkunst und der Zauberei vorauszusetzen. Freilich machte er eine Erfahrung, die ihm in arger Weise verdächtig war. Jeden Tag nahm er mit heiligem Eifer und allen Mitteln der Religion eine Purifikation seines Inneren vor, um es von dem Bilde des Hirtenmädchens zu reinigen, und immer wieder stand es klarer, fester und deutlicher da. Was war das für eine Malerei und für eine unzerstörbare Tafel aus Holz darunter, oder was war es für eine Leinwand, die man weder durch Wasser noch Feuer auch nur im geringsten angreifen konnte?

Wie dieses Bild sich überall vordrängte, ward manchmal Gegenstand seiner stillen und erstaunten Beobachtung. Er las ein Buch, und wenn er das weiche Antlitz, umrahmt von dem eigentümlich rötlich erdbraunen Haar, mit weiten dunklen Augen blickend, auf einer Seite sah, so blätterte er ein vorangeheftetes Blatt herum, durch das es bedeckt und versteckt werden sollte. Aber es schlug durch jedes Blatt, als ob keines vorhanden wäre, wie es sich auch sonst durch Vorhänge, Türen und Mauer im Hause und ebenso in der Kirche durchsetzte.

Bei solchen Beängstigungen und inneren Zwistigkeiten verging der junge Priester vor Ungeduld, da der bestimmte Termin für den besonderen Gottesdienst auf dem Gipfel von Sant' Agata nicht schnell genug herbeikommen wollte. Er wünschte, so bald wie möglich die übernommene Pflicht zu tun, weil er dadurch vielleicht das Mädchen den Klauen des Höllenfürsten entreißen konnte. Er wünschte noch mehr, das Mädchen wiederzusehen; was er aber am meisten ersehnte, war die Befreiung, die er bestimmt erhoffte, von seiner martervollen Verzauberung. Francesco aß wenig, brachte den größten Teil seiner Nächte wachend zu, und täglich verhärmter und bleicher werdend, geriet er bei seiner Gemeinde noch mehr als bisher in den Geruch einer exemplarischen Frömmigkeit.

Der Morgen war endlich herbeigekommen, an dem der Pfarrer die armen Sünder in die Kapelle bestellt hatte, die hoch auf dem Zuckerhut von Sant' Agata gelegen war. Der äußerst beschwerliche Weg dorthinauf konnte unter zwei Stunden nicht zurückgelegt werden. Francesco trat um die neunte Stunde, fertig zum Gang, auf den Dorfplatz von Soana hinaus, heiteren und erfrischten Herzens und die Welt mit neugeborenen Augen betrachtend. Man näherte sich dem Anfang des Mai, und so hatte ein Tag begonnen, wie er köstlicher nicht zu denken war, aber der junge Mensch hatte Tage von gleicher Schönheit schon oft erlebt, ohne doch die Natur, so wie heut, wie den Garten Eden selbst zu empfinden. Heute umgab ihn das Paradies.

Frauen und Mädchen standen, wie meistens, um den von klarem Bergwasser überfließenden Sarkophag herum und begrüßten den Priester mit lauten Rufen. Etwas in seiner Haltung und in seinen Mienen, dazu die festliche Frische des jungen Tages hatte den Wäscherinnen Mut gemacht. Die Röcke zwischen die Beine geklemmt, so daß bei einigen die braunen Waden und Knie sichtbar waren, standen sie herabgebeugt, mit den kräftigen, ebenfalls braunen, nackten Armen wacker arbeitend. Francesco trat an die Gruppe heran. Er fand sich veranlaßt, allerhand freundliche Worte zu sagen, deren keines in einem Zusammenhange mit seinem geistlichen Amte stand und die von gutem Wetter, gutem Mut und einem zu hoffenden guten Weinjahre handelten. Zum erstenmal, wahrscheinlich durch den Besuch im Hause seines Oheims, des Bildhauers, angeregt, ließ sich der junge Priester herbei, den Ornamentfries des Sarkophages zu betrachten, der in einem Bacchantenzuge bestand und hüpfende Satyrn, tanzende Flötenspielerinnen und den von Panthern gezogenen Wagen des Dionysos, des mit Trauben bekränzten Weingottes, zeigte. Es erschien ihm in diesem Augenblick nicht sonderbar, daß die Alten die steinerne Hülle des Todes mit Gestalten überschäumenden Lebens bedeckt hatten. Die Weiber und Mädchen, unter denen einige von ungewöhnlicher Schönheit waren, schwatzten und lachten bei dieser Besichtigung in ihn hinein, und zeitweilig kam es ihm vor, als ob er selbst von berauschten Mänaden umjauchzt wäre.

Dieser zweite Aufstieg in die Bergnatur war, mit dem ersten verglichen, wie der eines Menschen mit offenen Augen gegen den eines anderen gehalten, der blind von Mutterleibe ist. Francesco hatte mit zwingender Deutlichkeit das Gefühl, er sei plötzlich sehend geworden. In diesem Sinne erschien ihm die Betrachtung des Sarkophags durchaus kein Zufall, sondern tief bedeutungsvoll. Wo war der Tote? Lebendiges Wasser des Lebens füllte den offenen Stein und Totenschrein, und die ewige Auferstehung war in der Sprache der Alten auf der Fläche des Marmors verkündet. So verstand sich das Evangelium.

Freilich war dies ein Evangelium, dem wenig mit jenem, was er früher gelernt und gelehrt hatte, gemeinsam blieb. Es stammte keineswegs von den Blättern und Lettern eines Buchs, sondern viel eher kam es durch Gras, Kraut und Blumen aus der Erde gequollen oder mit dem Licht aus dem Mittelpunkt der Sonne herabgeflossen. Die ganze Natur nahm ein gleichsam sprechendes Leben an. Die tote und stumme ward rege, vertraulich, offen und mitteilsam. Plötzlich schien sie dem jungen Priester alles zu sagen, was sie bisher verschwiegen hatte. Er schien ihr Liebling, ihr Auserwählter, ihr Sohn zu sein, den sie, wie eine Mutter, in das heilige Geheimnis ihrer Liebe und Mutterschaft einweihte. Alle Abgründe des Schreckens, alle Ängste seiner aufgestörten Seele waren nicht mehr. Nichts war von allen Finsternissen und Bangigkeiten des vermeintlichen höllischen Sturmlaufs übriggeblieben. Die ganze Natur strömte Güte und Liebe aus, und Francesco, an Güte und Liebe überreich, konnte ihr Güte und Liebe zurückgeben.

Sonderbar: indem er mühsam, oft von kantigen Steinen abrutschend, durch Ginster-, Buchen- und Brombeerdickicht aufwärtskletterte, umgab ihn der Frühlingsmorgen wie eine glückselige und ebenso gewaltige Symphonie der Natur, die mehr von der Schöpfung als von Geschaffenem redete. Offen gab sich das Mysterium eines dem Tode für immer enthobenen Schöpfungswerks. Wer diese Symphonie nicht vernahm, so schien es dem Priester, der betrog sich selbst, wenn er mit dem Psalmisten »Jubilate deo omnis terra« oder »Benedicite coeli domino« zu lobsingen sich unterfing.

In satter Fülle rauschte der Wasserfall von Soana in seine enge Schlucht hinunter. Sein Brausen klang voll und schwelgerisch. Seine Sprache konnte nicht überhört werden. Bald dumpfer, bald heller herüberschlagend, tönte im ewigen Wandel die Stimme der Sättigung. Lawinendonner löste sich von des Generoso gigantischer Schattenwand, und wenn er für Francesco hörbar ward, hatte sich die Lawine selbst, mit lautlosen Strömen von Schneegeröll, bereits in das Bett der Savaglia hinabgeschüttet. Wo gab es da irgend etwas in der Natur, das nicht in der Wandlung des Lebens begriffen und das ohne Seele war: etwas, darin nicht ein drängender Wille sich betätigte? Wort, Schrift, Gesang und treibendes Herzblut war überall. Legte die Sonne nicht wohlig eine warme Hand im Rücken zwischen seine Schultern? Zischten nicht und bewegten sich nicht die Blätter der Lorbeer- und Buchendickichte, wenn er im Vorübergehen sie streifte? Quoll nicht das Wasser überall und zeichnete überall, leise plaudernd, die Faden- und Knotenschrift seiner Rinnsale? Las nicht er, Francesco Vela, und lasen nicht die Faserwurzeln von Myriaden kleiner und großer Gewächse darin, und war es nicht ihr Geheimnis, das in Myriaden von Blumen und Blütenkelchen sich darstellte? Des Priesters Hand erhob einen winzigen Stein und fand ihn mit rötlichen Flechten beschlagen: auch hier eine sprechende, malende, schreibende Wunderwelt, eine formende Form, die für die überall im Bilde wirkende Bildkraft des Lebens Zeugnis ablegte.

Und legten nicht die Stimmen der Vögel das gleiche Zeugnis ab, die sich in unendlich zarten, unsichtbaren Fäden über den Höhlungen des gewaltigen Felstales netzartig vereinigten? Dieses hörbare Maschennetz schien sich zuweilen für Francesco in sichtbare Fäden eines silbernen Glanzes umzuwandeln, die ein innerliches und sprechendes Feuer flimmern machte. War es nicht in Formen hörbar und sichtbar gemachte Liebe und offenbartes Glück der Natur? Und war es nicht köstlich, wie dieses Gespinst, sooft es verwehte oder zerriß, wie mit eilig fliegenden, unermüdlichen Weberschiffchen immer wieder verbunden wurde? Wo saßen die kleinen gefiederten Weber? Man sah sie nicht, wenn nicht etwa ein kleiner Vogel stumm und eilig seinen Ort wechselte: die winzigsten Kehlen strömten diese alles überjubelnde, weithintragende Sprache aus.

Wo alles quoll, wo alles pulsierte, sowohl in ihm als um ihn herum, wußte Francesco den Platz des Todes nicht auszumitteln. Er berührte den Stamm eines Kastanienbaums und fühlte, wie er die Nahrungssäfte durch sich empordrängte. Er trank die Luft wie eine lebendige Seele ein und wußte zugleich, daß sie es war, der er das Atmen und Lobsingen seiner eigenen Seele verdankte. Und war sie es nicht allein, die aus seiner Kehle und Zunge ein sprechendes Werkzeug der Offenbarung machte? Francesco verzog vor einem wimmelnden, eifrig tätigen Ameisenhaufen einen Augenblick. Eine winzige kleine Haselmaus war von den rätselhaften Tierchen fast ganz von ihrem grazilen Skelett präpariert worden. Sprach das köstliche kleine Skelett und die in der Wärme des Ameisenstaates untergegangene und verschwundene Haselmaus nicht von der Unzerstörbarkeit des Lebens, und hatte nicht die Natur in ihrem Bildnerdrang oder -zwang nur die neue Form gesucht? Der Priester sah, diesmal nicht unter sich, sondern hoch über sich, wiederum die braunen Fischadler von Sant' Agata. Ihre beschwingten und gefiederten Körper trugen das Wunder des Bluts, das Wunder des pulsierenden Herzens in majestätischer Wonne durch den Raum. Aber wer mochte verkennen, daß die wechselnden Kurven ihres Flugs auf die blaue Seide des Himmels eine deutliche, unverkennbare Schrift zeichneten, deren Sinn und Schönheit aufs engste mit Leben und Liebe verbunden war? Francesco war nicht anders zumut, als ob ihn die Vögel zum Lesen aufforderten. Und wenn sie mit der Bahn ihrer Flüge schrieben, so war ihnen auch die Kraft des Lesens nicht versagt. Francesco gedachte des weittragenden Blicks, der diesen geflügelten Fischern beschieden ward. Und er gedachte der zahllosen Augen der Menschen, der Vögel, der Säugetiere, der Insekten und Fische, mit denen die Natur sich selbst erblickt. Mit einem immer tieferen Staunen erkannte er sie in ihrer unendlichen Mütterlichkeit. Sie sorgte dafür, daß ihren Kindern nichts im allmütterlichen Bereich ungenossen verborgen blieb: sie waren von ihr nicht allein mit den Sinnen des Auges, des Ohrs, des Geruches, des Geschmackes und des Gefühls begabt worden, sondern sie hatte, wie Francesco fühlte, für die Wandlungen der Äonen noch unzählige neue Sinne bereit. Was war das für ein gewaltiges Sehen, Hören, Riechen, Schmecken und Fühlen in der Welt! – und eine weißliche Wolke stand über den Fischadlern. Sie glich einem strahlenden Lustgezelt. Aber auch sie verließ ihren Ort und wurde zusehends im lebendigsten Wechsel umgewandelt.

Es waren tiefe und mystische Kräfte, die dem Priester Francesco den Star gestochen hatten. Aber die Folie dieses Erlebnisses war der ihn uneingestandenermaßen beglückende Umstand, daß er vier köstliche Stunden vor sich sah, die ein Wiedersehen mit dem armen, verfemten Hirtenmädchen in sich schlossen. Dieses Bewußtsein machte ihn sicher und reich, als könne die so kostbar erfüllte Zeit nicht vorübergehen. Dort oben, ja dort oben, wo die kleine Kapelle stand, über der die Fischadler kreisten, erwartete ihn, wie er meinte, ein Glück, um das ihn die Engel beneiden mußten. Er stieg und stieg, und der seligste Eifer beflügelte ihn. Was er dort oben vorhatte, mußte sicherlich eine Art von Verklärung über ihn ausgießen und ihn in losgelöster Himmelsnähe beinahe dem guten ewigen Hirten selbst gleichmachen. »Sursum corda! Sursum corda!« Er sprach den Gruß Francisci immer vor sich hin, während die heilige Agathe neben ihm schritt, jene Märtyrerin, der man das Kapellchen hoch oben geweiht hatte und die dem Tode durch Henkershand wie einem fröhlichen Tanze entgegengegangen war. Und hinter ihr und ihm, so kam es Francesco im eifrigen Steigen vor, folgte ein Zug von heiligen Frauen, die alle dem Liebeswunder auf dem festlichen Gipfel beiwohnen wollten. Maria selbst schritt, mit köstlich gelöstem, ambrosischen Haar und lieblichen Füßen, weit vor dem Priester und seiner Prozession der seliggesprochenen Weiber hin, damit sich unter ihrem Blick, unter ihrem Hauch, unter ihren Sohlen die Erde festlich für alle mit Blumen bedecke. »Invoco te! invoco te!« hauchte Francesco in sich verzückt, »invoco te, nostra benigna stella!«

Ohne Ermüdung war der Priester auf dem Gipfel des Bergkegels angelangt, der kaum breiter war, als es der Grundriß des kleinen dort befindlichen Gotteshauses erforderte. Er gab noch einem schmalen Rande und einem engen Vorplätzchen Raum, dessen Mitte von einer jungen, noch blätterlosen Kastanie eingenommen wurde. Ein Stück des Himmels oder von Mariens blauem Gewand schien um das Wildkirchlein hingestreut, so hatte der blaue Enzian sich um das Heiligtum ausgebreitet. Oder man konnte auch meinen, die Spitze des Berges habe sich einfach in den Azur des Himmels getaucht.

Der Chorknabe und die Geschwister Scarabota waren schon anwesend und hatten es sich unter der Kastanie bequem gemacht. Francesco erbleichte, denn seine Blicke waren vergebens, wenn auch nur flüchtig, nach der jungen Hirtin ausgewesen. Er nahm aber eine strenge Miene an und öffnete mit einem großen, rostigen Schlüssel die Kapellentür, ohne sich die Enttäuschung und den bestürzten Kampf seiner Seele merken zu lassen. Er trat in das enge Kirchlein ein, in dem der Chorknabe alsbald hinter dem Altar einiges für die Zelebrierung der Messe vorbereitete. Aus einer mitgebrachten Flasche ward etwas Weihwasser in das ausgetrocknete Becken getan, in das die Geschwister nun ihre harten und sündigen Finger tauchen konnten. Sie besprengten und bekreuzigten sich und ließen sich mit scheuer Ehrfurcht gleich hinter der Türschwelle auf die Knie nieder.

Indessen begab sich Francesco, getrieben von Unruhe, nochmals ins Freie hinaus, wo er mit einer plötzlichen stummen und tiefen Erschütterung, nach einigem Umherschreiten, etwas unterhalb der Plattform des Gipfels das Mädchen, das er suchte, über einem Sternenhimmel leuchtendblauen Enzianes ruhend fand. – »Komm herein, ich warte auf dich«, rief der Priester. Sie erhob sich, anscheinend träge, und sah ihn unter gesenkten Wimpern mit einem ruhigen Blicke an. Dabei schien sie in lieblicher Weichheit leise zu lächeln, was aber nur mit der natürlichen Bildung des süßen Mundes, mit dem lieblichen Leuchten der blauen Augen und den zarten Grübchen der vollen Wangen zusammenhing.

In diesem Augenblick vollzog sich die schicksalsschwere Erneuerung und Vervollkommnung des Bildes, das Francesco in seiner Seele gehegt hatte. Er sah ein kindlich unschuldvolles Madonnengesicht, dessen verwirrender Liebreiz mit einer ganz leisen, schmerzlichen Herbheit verbunden war. Die etwas starke Röte der Wangen ruhte auf einer weißen, nicht braunen Haut, aus der die feuchte Röte der Lippen mit der Glut des Granatapfels leuchtete. Jeder Zug in der Musik dieses kindlichen Hauptes war zugleich Süße und Bitterkeit, Schwermut und Heiterkeit. In seinem Blick lag schüchternes Zurückweichen und zugleich ein zärtliches Fordern: beides nicht mit der Heftigkeit tierischer Regungen, sondern unbewußt blumenhaft. Schienen die Augen das Rätsel und das Märchen der Blume in sich zu schließen, so glich die ganze Erscheinung des Mädchens vielmehr einer schönen und reifen Frucht. Dieses Haupt, wie Francesco bei sich mit Verwunderung feststellte, gehörte noch ganz einem Kinde an, soweit sich darin die Seele ausdrückte, nur eine gewisse traubenhaft schwellende Fülle deutete auf die überschrittene Grenze des Kindesalters und auf die erreichte Bestimmung des Weibes hin. Das teils erdfarbenbraune, teils von lichteren Strähnen durchzogene Haar war in schwerer Krone um Schläfe und Stirn gebunden. Etwas von schwerer, etwas von innerlich gärender, edelreifer Schläfrigkeit schien die Wimper des

Mädchens niederzuziehen und gab ihren Augen eine gewisse feuchte, überdrängende Zärtlichkeit. Aber die Musik des Hauptes ging unterhalb des elfenbeinernen Halses in eine andere über, deren ewige Noten einen anderen Sinn ausdrücken. Mit den Schultern begann das Weib. Es war ein Weib von jugendlicher und reifer Fülle, das beinahe zur Überfülle neigte und das nicht zu dem kindlichen Haupte zu gehören schien. Die nackten Füße und starken gebräunten Waden trugen eine fruchthafte Fülle, die fast, wie dem Priester dünkte, zu schwer für sie war. Dieses Haupt besaß das sinnenheiße Mysterium seines isishaften Körpers unbewußt, höchstens leise ahndevoll. Aber gerade darum erkannte Francesco, daß er diesem Haupte und diesem allmächtigen Leibe rettungslos auf Tod und Leben verfallen war.

Was nun aber auch der Jüngling im Augenblick des Wiedersehens mit dem durch Erbsünde so schwer belasteten Gottesgeschöpf alles erblickte, erkannte und empfand, außer daß seine Lippen ein wenig zuckten, konnte man ihm deswegen nichts anmerken. »Wie heißt du eigentlich?« fragte er nur die sündenerfüllte Sündlose. Die Hirtin nannte sich Agata und tat dies mit einer Stimme, die Francesco wie das Lachen einer paradiesischen Lachtaube dünkte. »Kannst du schreiben und lesen?« fragte er. Sie erwiderte: »Nein!« – »Weißt du etwas von der Bedeutung des heiligen Meßopfers?« Sie sah ihn an und antwortete nicht. Da gebot er ihr, in das Kirchlein zu treten, und begab sich selbst vor ihr hinein. Hinter dem Altar half ihm der Knabe in das Meßgewand, Francesco setzte sich das Barett aufs Haupt, und die heilige Handlung konnte beginnen: nie hatte sich der junge Mensch dabei, wie jetzt, von einer so feierlichen Inbrunst durchdrungen gefühlt.

Ihm kam es vor, als wenn ihn der allgütige Gott erst jetzt zu seinem Diener berufen hätte. Der Weg priesterlicher Weihen, den er zurückgelegt hatte, schien ihm jetzt nicht mehr als eine trockene, inhaltlose und trügerische Übereilung zu sein, die mit dem wahrhaft Göttlichen nichts gemein hatte. Nun aber war die göttliche Stunde, die heilige Zeit in ihm angebrochen. Die Liebe des Heilands war wie ein himmlischer Feuerregen, in dem er stand und durch den alle Liebe seines eigenen Innern plötzlich befreit und entflammt wurde. Mit unendlicher Liebe weitete sich sein Herz in die ganze Schöpfung hinein und ward mit allen Geschöpfen im gleichen entzückten Pulsschlag verbunden. Aus diesem Rausch, der ihn fast betäubte, brach das Mitleid mit aller Kreatur, brach der Eifer für das Göttlichgute mit verdoppelter Kraft hervor, und er glaubte nun erst die heilige Mutter Kirche und ihren Dienst ganz zu verstehen. Er wollte nun mit einem ganz anderen, erneuten Eifer ihr Diener werden.

Und wie hatte ihm nicht der Weg, der Aufstieg zu diesem Gipfel das Geheimnis erschlossen, nach dessen Sinn er Agata gefragt hatte. Ihr Schweigen, vor dem er selber stumm geworden war, bedeutete ihm, ohne daß er es merken ließ, gemeinsames Wissen durch Offenbarung, die ihnen beiden nun widerfahren war. War nicht die ewige Mutter der Inbegriff aller Wandlungen, und hatte er nicht die verwahrlosten und im Finsteren tappenden verlorenen Gotteskinder auf diesen überirdischen Gipfel gelockt, um ihnen das Wandlungswunder des Sohnes, das ewige Fleisch und Blut der Gottheit zu weisen? So stand der Jüngling und hob den Kelch, mit überströmenden Augen, voll Freudigkeit. Es kam ihm vor, als ob er selber zum Gott würde. In diesem Zustand der Auserwählten, des heiligen Werkzeugs, den er empfand, fühlte er sich mit unsichtbaren Organen in alle Himmel hineinwachsen, in einem Gefühl von Freude und Allgewalt, das ihn, wie er glaubte, über das ganze wimmelnde Gezücht der Kirchen und ihrer Pfaffheit unendlich erhob. Sie sollten ihn sehen, die Augen zu ihm in die schwindelnde Höhe seines Altars, auf dem er stand, mit staunender Ehrfurcht emporrichten. Denn er stand auf dem Altar in einem ganz anderen und höheren Sinne, als Petri Schlüsselhalter, der Papst, es nach seiner Erwählung tut. Krampfhaft verzückt hielt er den Kelch der Eucharistia und der Wandlungen als ein Symbol des ewig sich neu gebärenden Gottesleibes der ganzen Schöpfung in die Unendlichkeit des Raums, wo es wie eine zweite, hellere Sonne leuchtete. Und während er seines Erachtens eine Ewigkeit, in Wirklichkeit zwei oder drei Sekunden, dastand mit dem erhobenen Heiligtum, kam es ihm vor, als ob der Zuckerhut von Sant' Agata von unten bis oben mit lauschenden Engeln, Heiligen und Aposteln bedeckt wäre. Allein beinahe noch herrlicher schien ihm ein dumpfer Paukenlaut und ein Reigen schöngekleideter Frauen, der sich, verbunden mit Blumengewinden, klar durch die Mauern sichtbar, rund um die kleine Kapelle bewegte. Dahinter drehten sich in verzückter Raserei die Mänaden des Sarkophags, tanzten und hüpften die ziegenfüßigen Satyrn, deren einige das hölzerne Fruchtbarkeitssymbol des Luchino Scarabota in fröhlicher Prozession umhertrugen.

Der Abstieg nach Soana brachte Francesco eine grüblerische Ernüchterung, wie jemandem, der die letzte Hefe aus dem Becher des Rausches getrunken hat. Die Familie Scarabota war nach der Messe davongegangen: Bruder, Schwester und Tochter hatten beim Abschied dankbar die Hand des jungen Priesters geküßt.

Wie er nun mehr und mehr in die Tiefe stieg, wurde ihm ebenso mehr und mehr der Zustand seiner Seele verdächtig, in dem er dort oben die Messe gelesen hatte. Auch der Gipfel von Sant' Agata war sicherlich früher eine irgendeinem Abgott geweihte heidnische Kultstätte, was ihn da oben scheinbar mit dem Brausen des Heiligen Geistes ergriffen hatte, vielleicht dämonische Einwirkung jener entthronten Theokratie, die Jesus Christus gestürzt hatte, deren verderbliche Macht aber vom Schöpfer und Lenker der Welt immer noch zugelassen war. In Soana und in seinem Pfarrhause angelangt, hatte das Bewußtsein, sich einer schweren Sünde schuldig gemacht zu haben, den Priester ganz eingenommen, und seine Ängste deswegen wurden so hart, daß er noch vor dem Mittagessen die Kirche betrat, die Wand an Wand mit seiner Wohnung lag, um sich in heißen Gebeten dem höchsten Mittler anzuvertrauen und womöglich in seiner Gnade zu reinigen.

In einer deutlich gefühlten Hilflosigkeit bat er Gott, ihn den Angriffen der Dämonen nicht auszuliefern. Er spüre sehr wohl, so bekannte er, wie sie sein Wesen auf allerlei Weise angriffen, je nachdem einengten oder über seine bisherigen heilsamen Grenzen ausdehnten und in erschrecklicher Weise verwandelten. »Ich war ein sorgsam angebautes kleines Gärtlein zu deiner Ehre«, sagte Francesco zu Gott. »Nun ist es in einer

Sintflut ertrunken, die vielleicht durch Einflüsse der Planeten steigt und steigt und auf deren uferlosen Fluten ich in einem winzigen Kahne umhertreibe. Früher wußte ich genau meinen Weg. Es war derselbe, den deine heilige Kirche ihren Dienern vorzeichnet. Jetzt werde ich mehr getrieben, als daß ich des Zieles und des Weges sicher bin.

Gib mir«, flehte Francesco, »meine bisherige Enge und meine Sicherheit und gebiete den bösen Engeln, sie mögen davon ablassen, ihre gefährlichen Anschläge gegen deinen hilflosen Diener zu richten! Führe, o führe uns nicht in Versuchung! Ich bin zu den armen Sündern hinaufgestiegen in deinem Dienst; mache, daß ich mich in den festbeschränkten Kreis meiner heiligen Pflichten zurückfinde!«

Francescos Gebete hatten nicht mehr die einstige Klarheit und Übersicht. Er bat um Dinge, die einander ausschlossen. Er ward mitunter selbst zweifelhaft, ob der Strom der Leidenschaft, der seine Bitten trug, vom Himmel oder aus einer anderen Quelle stamme. Das heißt: er wußte nicht recht, ob er nicht etwa den Himmel im Grunde um ein höllisches Gut anflehe. Es mochte christlichem Mitleid und priesterlicher Sorge entsprungen sein, wenn er die Geschwister Scarabota in sein Gebet einbezog. Verhielt es sich aber ebenso, wenn er inbrünstig bis zu glühenden Tränen den Himmel um die Rettung Agatas anflehte?

Auf diese Frage konnte er einstweilen noch mit Ja antworten, denn die deutliche Regung des mächtigsten Triebes, die er beim Wiedersehen des Mädchens gespürt hatte, war in eine schwärmerische Empfindung für etwas unendlich Reines übergegangen. Diese Verwandlung war die Ursache, daß Francesco nicht merkte, wie sich die Frucht der Todsünde an Stelle Mariens, der Mutter Gottes, eindrängte und für seine Gebete und Gedanken gleichsam die Inkarnation der Madonna war. Am ersten Mai begann in der Kirche von Soana, wie überall, ein besonderer Mariendienst, dessen Wahrnehmung die Wachsamkeit des jungen Priesters noch besonders einschläferte. Immer, Tag für Tag, gegen die Zeit der Abenddämmerung, hielt er, hauptsächlich vor den Frauen und Töchtern Soanas, einen kleinen Diskurs, der die Tugenden der gebenedeiten Jungfrau zum Gegenstand hatte. Vorher und nachher erscholl das Schiff der Kirche, bei offener Tür, in den Frühling hinaus, zu Ehren Mariens von Lobgesang. Und in die alten, köstlichen, nach Text und Musik so lieblichen Weisen mischte sich von außen fröhlicher Spatzenlärm und aus den nahen feuchten Schluchten die süßeste Klage der Nachtigall. In solchen Minuten war Francesco, scheinbar im Dienste Mariens, dem Dienste seines Idols ganz hingegeben.

Hätten die Mütter und Töchter Soanas geahnt, daß sie in den Augen des Priesters eine Gemeinschaft bildeten, die er Tag für Tag zur Verherrlichung dieser verhaßten Sündenfrucht in die Kirche zog oder darum, um sich auf den andachtsvollen Klängen des Mariengesanges zu der fern und hoch am Felsen klebenden kleinen Alm emportragen zu lassen, man würde ihn sicher gesteinigt haben; so aber schien es, als wüchse mit jedem Tag vor den staunenden Augen der ganzen Gemeinde des jungen Klerikers Frömmigkeit. Nach und nach wurde alt und jung, reich und arm, kurz, jedermann, vom Sindaco bis zum Bettler, vom Kirchlichsten bis zum Gleichgültigsten, in den heiligen Maienrausch Francescos hineingezogen.

Sogar die langen einsamen Wege, die er nun öfters unternahm, wurden zugunsten des jungen Heiligen ausgelegt. Und doch wurden sie nur unternommen in der Hoffnung, daß ein Zufall ihm einmal bei solcher Gelegenheit Agata in den Wurf führen könne. Denn er hatte bis zum nächsten besonderen Gottesdienst für die Familie Scarabota in seiner Scheu, sich zu verraten, einen Zwischenraum von mehr als acht Tagen angesetzt, der ihm jetzt unerträglich lang wurde.

Noch immer sprach die Natur in jener aufgeschlossenen Weise zu ihm, die er zuerst auf dem Gange nach Sant' Agata, auf der Höhe des kleinen Heiligtums wahrgenommen hatte. Jeder Grashalm, jede Blume, jeder Baum, jedes Wein- und Efeublatt waren nur Worte einer aus dem Urgrund des Seins aufklingenden Sprache, die, in tiefster Stille selbst, mit gewaltigem Brausen redete. Nie hatte eine Musik so sein ganzes Wesen durchdrungen und, wie er meinte, mit heiligem Geist erfüllt.

Francesco hatte den tiefen, ruhigen Schlaf seiner Nächte eingebüßt. Der mystische Weckruf, der ihn getroffen hatte, schien sozusagen den Tod getötet und seinen Bruder, den Schlaf, verbannt zu haben. Jede dieser von überall quellendem Leben durchpulsten Schöpfungsnächte ward für Francescos jungen Körper zur heiligen Offenbarungszeit: so zwar, daß es ihm manchmal zumute war, als ob er den letzten Schleier vom Geheimnis der Gottheit fallen fühlte. Oft, wenn er aus heißen Träumen, die beinahe ein Wachen darstellten, in das Wachen der Sinne überging, draußen der Fall von Soana doppelt so laut als am Tage rauschte, der Mond mit den Finsternissen der mächtigen Klüfte kämpfte und schwarzes Gewölk, gigantisch murrend, die höchsten Spitzen des Generoso verdüsterte, zitterte Francescos Leib von Gebeten, inbrünstig wie nie zuvor und ähnlich, wie wenn ein durstiger Stamm, dessen Wipfel der Frühlingsregen tränkt, im Winde erschauert. In diesem Zustande rang er voll Sehnsucht mit Gott, ihn in das heilige Schöpfungswunder, wie in den brennenden Kern des Lebens, einzuweihen, in dieses allerheiligste, innerste Etwas, das von dort aus alles Dasein durchdringt. Er sprach: »Von dort, o du mein allmächtiger Gott, dringt dein stärkstes Licht! von diesem in nie zu erschöpfenden Feuerwellen strömenden Kern verbreitet sich alle Wonne des Daseins und das Geheimnis der tiefsten Lust. Lege mir nicht eine fertige Schöpfung in den Schoß, o Gott, sondern mache mich zum Mitschöpfer! Laß mich teilnehmen an deinem nie unterbrochenen Schöpfungswerk: denn nur dadurch, und durch nichts anderes, vermag ich auch deines Paradieses teilhaft zu werden.« Unbekleidet lief Francesco, um die Glut seiner Glieder zu kühlen, im Zimmer bei weitgeöffnetem Fenster umher und ließ die Nachtluft um seinen Leib fluten. Dabei kam es ihm vor, als ruhe das schwarze Gewitter über dem riesenhaften Felsrücken des Generoso, wie ein ungeheurer Stier über eine Färse ruht, schnaube Regen aus seinen Nüstern, murre, schieße zuckende Blitze aus düster flammenden Augen und übe mit keuchender Flanke das zeugende Werk der Fruchtbarkeit.

Vorstellungen wie diese waren durchaus heidnischer Art, und der Priester wußte es, ohne daß es ihn jetzt beunruhigte. Er war allbereits zu sehr in die allgemeine Betäubung drängender Frühlingskräfte versunken. Der narkotische Brodem, der ihn erfüllte, löste die Grenzen seiner engen Persönlichkeit und weitete ihn ins Allgemeine. Überall wurden Götter geboren in der frühen, toten Natur. Und auch die Tiefen von Francescos Seele erschlossen sich und sandten Bilder herauf von Dingen, die im Abgrund der Jahrmillionen versunken lagen.

In einer Nacht hatte er, im Zustande halben Wachens, einen schweren und in seiner Art furchtbaren Traum, der ihn in eine grausige Andacht versenkte. Er ward gleichsam zum Zeugen eines Mysteriums, das eine schreckliche Fremdheit und zugleich etwas wie Weihungen einer uralten, unwiderstehlichen Macht ausatmete. Irgendwo versteckt in den Felsen des Monte Generoso schienen Klöster gelegen zu sein, aus denen herab gefährliche Steige und Felstreppchen in unzugängliche Höhlen führten. Diese Felssteige klommen in feierlichem Zuge, einer hinter dem anderen, bärtige Männer und Greise in braunen Kutten herab, die aber in der Versunkenheit ihrer Bewegungen sowie in der Entrücktheit ihrer Gesichter schauerlich wirkten und zur Ausübung eines schrecklichen Kultes verdammt schienen. Diese beinahe riesenhaften und wilden Gestalten waren auf eine beklemmende Weise ehrwürdig. Sie kamen hochaufgerichtet herab, mit gewaltig verwilderten, buschigen Häuptern, an denen sich Haupt- und Barthaar vermischte. Und diesen Vollstreckern eines unbarmherzigen und tierischen Dienstes folgten Weiber nach, die nur von den mächtigen

Wogen ihres Haars wie von schweren goldenen oder schwarzen Mänteln bedeckt waren. Während das Joch des furchtbaren Triebs die wortlos abwärtssteigenden Traumeremiten starr und besinnungslos gefangenhielt, lag eine Demut über den Weibern gleichwie über Opfertieren, die sich selber einer schrecklichen Gottheit darbringen. In den Augen der Mönche lag stille, besinnungslose Wut, als wenn der giftige Biß eines tollen Tiers sie verwundet und ihnen einen Wahnwitz ins Blut gesetzt hätte, dessen rasender Ausbruch zu erwarten war. Auf den Stirnen der Weiber, in ihren andächtig fromm gesenkten Wimpern lag eine erhabene Feierlichkeit.

Endlich hatten die Anachoreten des Generoso sich, wie lebende Götzen, vereinzelt in flache Höhlen der Felswand gestellt, und es begann ein ebenso häßlicher als erhabener Phallusdienst. So scheußlich er war – und Francesco erschrak in der tiefsten Seele –, so schauerlich war er in seinem tödlichen Ernst und seiner bangen Heiligkeit. Mächtige Eulen revierten mit durchdringendem Schrei an den Felswänden, beim Sturze des Wasserfalls und im magischen Lichte des Monds, aber die gewaltigen Rufe der großen Nachtvögel wurden von den herzerstarrenden Schmerzensschreien der Priesterinnen übertönt, die an den Qualen der Lust dahinstarben.

Der Tag des Gottesdienstes für die armen, verfemten Sennhirten war endlich wieder herangekommen. Er glich schon am Morgen, als der Priester Francesco Vela sich erhob, keinem unter allen früheren, die er jemals erlebt hatte. So springen im Leben jedes bevorzugten Menschen unerwartet und ungerufen Tage wie blendende Offenbarungen auf. Der Jüngling hatte an diesem Morgen nicht den Wunsch, weder ein Heiliger noch ein Erzengel noch selbst ein Gott zu sein. Vielmehr beschlich ihn leise Furcht, Heilige, Erzengel und Götter möchte der Neid ihm zu Feinden machen: denn er kam sich an diesem Morgen über Heilige, Engel und Götter erhaben vor. Aber oben auf Sant' Agata wartete seiner eine Enttäuschung. Sein Idol, das den Namen der Heiligen trug, hatte sich von dem Kirchgang ausgeschlossen. Von dem erbleichenden Priester gefragt, brachte der rauhe, vertierte Vater nur rauhe, vertierte Laute heraus, während die Gattin, die zugleich seine Schwester war, die Tochter mit häuslicher Arbeit entschuldigte. Hierauf ward die heilige Funktion durch Francesco auf eine so teilnahmslose Weise erledigt, daß er am Schlusse der Messe nicht recht wußte, ob er sie schon begonnen habe. Im Innern durchlebte er Höllenpein, ja solche Zustände, die, einem wirklichen Höllensturz vergleichbar, aus ihm einen armen Verdammten machten.

Nachdem er den Ministranten zugleich mit den Geschwistern Scarabota entlassen hatte, stieg er, noch immer vollkommen fassungslos, an irgendeiner Seite des steilen Kegels bergab, ohne sich eines Zieles, noch weniger irgendeiner Gefahr bewußt zu sein. Wieder hörte er Rufe hochzeitlich kreisender Fischadler. Aber sie klangen ihm wie Hohn, der sich aus trügerisch leuchtendem Äther herabschüttete. Im Geröll eines trockenen Wasserlaufs rutschte er keuchend und springend ab, während er wirre Gebete und Flüche wimmerte. Er fühlte Foltern der Eifersucht. Obgleich etwas Weiteres nicht geschehen war, als daß die Sünderin Agata durch irgend etwas auf der Alpe von Soana festgehalten wurde, erschien es dem Priester ausgemacht, daß sie einen Buhlen besaß und die der Kirche gestohlene Zeit in seinen verruchten Armen zubrachte. Während ihm durch ihr Fernbleiben mit einem Schlage die Größe seiner Abhängigkeit zum Bewußtsein kam, fühlte er abwechselnd Angst, Bestürzung und Wut, den Drang, sie zu strafen und um Rettung aus seiner Not, das heißt um Gegenliebe zu betteln. Er hatte den Stolz des Priesters noch keineswegs abgestreift – es ist dies der wildeste und unbeugsamste! –, und dieser Stolz war aufs tiefste verletzt worden. Für ihn war das Ausbleiben Agatas dreifache Demütigung. Die Sünderin hatte den Mann an sich, den Diener Gottes und den Geber des Sakramentes verworfen. Der Mann, der Priester, der Heilige wand sich in Krämpfen getretener Eitelkeit und schäumte, wenn er des bestialischen Kerls – Hirt oder Holzknecht – gedachte, den sie inzwischen wahrscheinlich ihm vorzog.

Mit zerrissener und bestaubter Soutane, beschundenen Händen und zerkratztem Gesicht gelangte Francesco nach einigen Stunden wilden und irren Umherkletterns, schluchtab, schluchtauf, zwischen Ginstergebüsch, über brausendes Bergwasser, in eine Gegend des Generoso, wo Herdengeläut sein Ohr berührte. Welchen Ort er somit erreicht hatte, war ihm nicht einen Augenblick zweifelhaft. Er blickte auf das verlassene Soana hinunter, auf seine Kirche, die bei heller Sonne deutlich zu sehen war, und erkannte die Menge, die nun vergeblich dem Heiligtum zuströmte. Jetzt eben hätte er sollen das Meßgewand in der Sakristei übertun. Aber er hätte viel eher ein Seil um die Sonne legen und diese herabziehen können, als daß es ihm möglich gewesen wäre, die unsichtbaren Fesseln zu zerreißen, die ihn gewaltsam nach der Alpe zogen.

Eben wollte den jungen Pfarrer etwas wie Selbstbesinnung anwandeln, als ein duftender Rauch, von der frischen Bergluft getragen, ihm in die Nase stieg. Unwillkürlich forschend umherblickend, bemerkte er nicht sehr fern eine sitzende Mannesgestalt, die ein Feuerchen zu behüten schien, an dessen Rand ein blechernes Gefäß, wahrscheinlich gefüllt mit einer Minestra, dampfte. Der Sitzende sah den Priester nicht, denn er hatte ihm seinen Rücken zugekehrt. So konnte der Priester wiederum nur einen runden, beinahe weißwolligen Kopf, einen starken und braunen Nacken unterscheiden, während Schulter und Rücken von einer durch Alter, Wetter und Wind erdfarb gewordenen Jacke bedeckt waren, die nur lose darüberhing. Der Bauer, Hirt oder Holzfäller, was er nun sein mochte, saß gegen das Feuerchen hingebeugt, dessen kaum sichtbare Flammen, vom Berghauch gedrückt, waagrecht an der Erde hinzüngelten und Rauchschwaden flachhin aussendeten. Er war augenscheinlich in eine Arbeit vertieft, eine Schnitzelei, wie sich bald herausstellte, und schwieg zumeist, wie jemand, der bei dem, was er gerade tut, Gott und die Welt vergessen hat. Als Francesco, aus irgendeinem Grunde ängstlich jede Bewegung vermeidend, längere Zeit gestanden hatte, fing der Mann oder Bursche am Feuer leise zu pfeifen an, und einmal ins Musizieren gekommen, schickte er plötzlich aus melodischer Kehle abgerissene Stücke irgendeines Liedes in die Luft.

Das Herz Francescos pochte gewaltig. Es war nicht deshalb, weil er so heftig schluchtab, schluchtauf gestiegen war, sondern aus Gründen, die teils aus der Sonderbarkeit seiner Lage, teils von dem eigentümlichen Eindruck herrührten, den die Nähe des Menschen am Feuer in ihm hervorbrachte. Dieser braune Nacken, dieses krause gelblichweiße Gelock des Kopfes, die jugendlich strotzende Körperlichkeit, die man unter dem schäbigen Umhang ahnte, das spürbar freie und wunschlose Behagen des Bergbewohners: alles zusammen ging blitzartig in Francescos Seele eine Beziehung ein, in der seine krankhafte und gegenstandslose Eifersucht noch qualvoller aufloderte.

Francesco schritt auf das Feuer zu. Es wäre ihm doch nicht gelungen, verborgen zu bleiben; und er war überdies von unwiderstehlichen Kräften angezogen. Da wandte sich der Bergmensch herum, zeigte ein Antlitz voll Jugend und Kraft, wie es ähnlich der Priester noch niemals gesehen hatte, sprang auf und blickte den Kommenden an.

Es war Francesco nun klar, daß er es mit einem Hirten zu tun hatte, da die Schnitzelei, die jener verfertigte, eine Schleuder war. Er bewachte die braun und schwarz gefleckten Rinder, die, da und dort sichtbar, im ganzen entfernt und versteckt, zwischen Gestein und Gesträuch herumkletterten, nur durch das Geläute verraten, das der Stier und eine und die andere Kuh am Halse trug. Er war ein Christ: und was hätte er zwischen allen diesen Bergkapellen und Madonnenbildern der Gegend auch anderes sein sollen? Aber er schien auch ein ganz besonders ergebener Sohn der heiligen Kirche zu sein, denn er küßte, sogleich das Gewand des Priesters erkennend, Francesco mit scheuer Inbrunst und Demut die Hand.

Sonst aber, wie dieser sogleich erkannte, hatte er mit den übrigen Kindern der Parochie keine Ähnlichkeit. Er war stärker und untersetzter gebaut, seine Muskeln hatten etwas Athletisches, sein Auge schien aus dem blauen See in der Tiefe genommen zu sein und an Weitblick dem der braunen Fischadler gleich, die, wie immer, hoch um Sant' Agata kreisten. Seine Stirn war niedrig, die Lippen wulstig und feucht, sein Blick und Lächeln von derber Offenheit. Verstecktes und Lauerndes, wie es manchem Südländer eigen ist, war ihm nicht anzumerken. Von alledem gab sich Francesco, Auge in Auge mit dem blonden jungen Adam des Monte Generoso, Rechenschaft und gestand sich, daß er einen so urwüchsig schönen Lümmel noch nicht gesehen hatte.

Um den wahren Grund seines Kommens zu verbergen und sein Erscheinen zugleich verständlich zu machen, log er, daß er einem Sterbenden das Sakrament in einer entlegenen Hütte gereicht und dann den Heimweg ohne seine Ministranten angetreten habe. Dabei habe er sich verirrt, sei abgeglitten und abgerutscht und wünsche nun auf den rechten Weg gewiesen zu sein, nachdem er sich ein wenig geruht habe. Diese Lüge glaubte der Hirt. Mit derbem Lachen und seine gesunden Zahnreihen zeigend, aber doch mit Verlegenheit begleitete er die Erzählung des Geistlichen und machte ihm einen Sitz zurecht, die Jacke von seinen

Schultern werfend und über den Wegrand am Feuer ausbreitend. Hierbei wurden seine braunen und blanken Schultern, ja der ganze Oberkörper bis zum Gürtel entblößt, und es zeigte sich, daß er ein Hemd nicht anhatte.

Mit diesem Naturkinde ein Gespräch anzufangen hatte beträchtliche Schwierigkeiten. Es schien ihm peinlich, mit dem geistlichen Herrn allein zu sein. Nachdem er eine Weile kniend ins Feuer geblasen, Reisig dazu getan, ab und zu den Deckel des Kochgeschirrs gelüftet und dazu Worte in einer unverständlichen Mundart gesprochen hatte, stieß er urplötzlich einen gewaltigen Juchzer aus, der von den Felsbastionen des Generoso zurück- und in vielfachem Echo widerhallte.

Kaum daß dieses Echo verklungen war, so hörte man etwas mit lautem Kreischen und Gelächter sich annähern. Es waren verschiedene Stimmen, die Stimmen von Kindern, von denen sich eine abwechselnd lachende und nach Hilfe rufende weibliche Stimme unterschied. Beim Klang dieser Stimme fühlte Francesco seine Arme und Füße absterben, und es war ihm zugleich, als ob sich eine Macht ankündige, die, verglichen mit der, die sein natürliches Dasein hervorgebracht hatte, das Geheimnis des wahren, des wirklichen Lebens enthielt. Francesco brannte wie der Dornbusch des Herrn, aber äußerlich war ihm nichts anzumerken. Während sein Inneres sekundenlang ohne Besinnung war, fühlte er eine unbekannte Befreiung und zugleich eine ebenso süße als rettungslose Gefangenschaft.

Inzwischen hatten sich die von Gelächter erstickten weiblichen Notrufe angenähert, bis an der Wendung eines abschüssigen Steiges ein ebenso unschuldiges als freilich auch ungewöhnliches bukolisches Bild sichtbar ward. Ebenderselbe scheckige Ziegenbock, der den Priester Francesco bei seinem ersten Besuch auf der Alm belästigt hatte, führte, prustend und widerspenstig, einen kleinen Bakchantenzug, wobei er, von lärmenden Kindern verfolgt, die einzige Bakchantin des Trupps rittlings auf seinem Rücken trug. Das schöne Mädchen, das Francesco, wie er glaubte, zum ersten Male erblickte, hielt die gewundenen Hörner des Bockes kräftig gefaßt; so stark sie sich aber nach rückwärts bog, den Hals des Tieres mit sich reißend, vermochte sie doch nicht weder es zum Stillstand zu zwingen noch von seinem Rücken herunterzusteigen. Irgendein Spaß, den sie den Kindern zuliebe vielleicht unternommen haben mochte, hatte das Mädchen in diese hilflose Lage gebracht, wie sie, nicht eigentlich sitzend, sondern zu beiden Seiten des ungeeigneten Reittieres mit nackten Füßen die Erde berührend, weniger getragen ward als schritt und doch, ohne einen Fall zu tun, von dem ungebärdigen, feurigen Bock nicht loskonnte. So hatte sich ihr Haar gelöst, die Tragbänder ihres groben Hemdes waren von den Schultern geglitten, so daß eine köstliche Halbkugel sichtbar ward, und die sowieso kaum bis zur Wade reichenden Röckchen der Hirtin langten jetzt noch weniger zu, ihre üppigen Knie zu bedecken.

Es dauerte eine geraume Zeit, bevor der Priester sich bewußt wurde, wer eigentlich die Bakchantin war und daß er in ihr den lechzend gesuchten Gegenstand seiner marternden Sehnsucht vor sich hatte. Die Schreie des Mädchens, ihr Lachen, ihre unfreiwillig wilden Bewegungen, ihr fesselloses, fliegendes Haar, der geöffnete Mund, die hoch und stoßweis atmende Brust, die ganze gleichsam erzwungene und doch freiwillige Tollkühnheit des übermütigen Ritts hatten sie äußerlich ganz verändert. Eine rosige Glut überzog ihr Gesicht und mischte Lust und Angst mit Schamhaftigkeit, die sich drollig und lieblich ausdrückte, wenn etwa blitzschnell eine der Hände vom Horne des Bockes fort nach dem gefährlich verschobenen Rocksaum fuhr.

Francesco war gebannt und dem Bilde verfallen, als wäre es mit der Kraft zu lähmen begabt. Es erschien ihm schön, auf eine Art, die ihm nicht im entferntesten die naheliegende Ähnlichkeit mit einem Hexenritt in Erinnerung brachte. Dagegen belebten sich seine antikischen Eindrücke. Er gedachte des marmornen Sarkophags, der, immer von klarem Bergwasser überfließend, am Dorfplatze in Soana stand und dessen Bildnerei er jüngst studiert hatte. War es nicht so, als hätte diese steinerne und doch so lebendige Welt des bekränzten Weingotts, der tanzenden Satyrn, der panthergezogenen Triumphwagen, der Flötenspielerinnen und Bakchantinnen sich in die steinernen Ödeneien des Generoso versteckt und als wäre plötzlich eine der gottbegeisterten Weiber, von dem rasenden Bergkult der Mänaden abgesprengt, überraschend ins Gegenwartleben getreten.

Hatte Francesco nicht sogleich Agata, so hatte dafür der Bock den Priester sofort erkannt: weshalb er ihm seine vergeblich schreiende und widerstrebende Last geradeswegs zuschleppte; und indem er, ganz ohne

Umstände, mit seinen beiden gespaltenen Vorderhufen auf den Schoß des Priesters trat, bewirkte er, daß seine Reiterin, endlich erlöst, von seinem Rücken langsam heruntergIitt.

Nachdem das Mädchen begriffen hatte, daß ein Fremder zugegen war, und als sie nun gar in diesem Fremden Francesco erkannte, versiegte ganz plötzlich ihr Lachen und ihre Munterkeit, und ihr Antlitz, das noch eben vor Lust geglänzt hatte, nahm eine gleichsam trotzige Blässe an.

»Warum bist du heut nicht zur Kirche gekommen?« Francesco tat diese Frage, sich erhebend, in einem Ton und mit einem Ausdruck seines bleichen Gesichts, den man als einen zornigen deuten mußte, obgleich er eine andere Erregung des Gemütes als Ursache hatte. Sei es, weil er diese Erregung verstecken wollte, oder aus Verlegenheit, ja Hilflosigkeit, oder weil wirklich der Seelsorger in ihm in Entrüstung geriet: der Zorn nahm zu und trat in einer Weise hervor, die den Hirten befremdet aufblicken machte, dem Mädchen aber nacheinander die Röte und Blässe der Bestürzung und Scham ins Antlitz trieb.

Aber während Francesco sprach und mit Worten strafte – Worte, die ihm geläufig waren, ohne daß seine Seele in ihnen zu sein brauchte –, war es in seinem Innern still, und während die Adern seiner alabasternen Stirn aufschwollen, empfand er die Wonnen einer Erlösung. Die noch eben empfundene tiefste Lebensnot war in Reichtum verwandelt, der marternde Hunger in Sättigung, die noch eben verfluchte, infernalische Welt troff jetzt vom Glanze des Paradieses. Und indem sich die Wollust seines Zornes stärker und stärker ergoß, wurde sie selber stärker und stärker. Er hatte den verzweifelten Zustand nicht vergessen, in dem er soeben gewesen war, aber es jubilierte in ihm, und er mußte ihn segnen und wieder segnen. Dieser Zustand war ja die Brücke gewesen zur Seligkeit. So weit war Francesco allbereits in die magischen Kreise der Liebe hineingeraten, daß die bloße Gegenwart des geliebten Gegenstandes jenen Genuß mit sich brachte, der mit Glück betäubt und an eine noch so nahe Entbehrung nicht denken läßt.

Bei alledem fühlte der junge Priester und verbarg sich nicht mehr, welche Veränderung mit ihm vorgegangen war. Der wahre Zustand seines Wesens war gleichsam nackt hervorgetreten. Die tolle Jagd, die er hinter sich hatte, er wußte es wohl, war von der Kirche nicht vorgezeichnet und außerhalb des geheiligten Wegenetzes, das seinem Wirken deutlich und streng gezogen war. Zum ersten Male geriet nicht nur sein Fuß, sondern auch seine Seele in die Weglosigkeit, und es kam ihm vor, als wenn er nicht so als Mensch, sondern eher als ein fallender Stein, ein fallender Tropfen, ein vom Sturme getriebenes Blatt an die Stelle, auf der er nun stand, gelangt wäre.

Jedes seiner zornigen Worte belehrte Francesco, daß er seiner selbst nicht mehr mächtig war, hingegen aber gezwungen wurde, um jeden Preis Gewalt über Agata zu suchen und auszuüben. Er nahm sie mit Worten in Besitz. Je mehr er sie demütigte, desto voller tönten in ihm die Harfen der Seligkeit. Jeder Schmerz, den er ihr strafend zufügte, weckte einen Taumel in ihm: es fehlte nicht viel, ja, wäre der Hirte nicht zugegen gewesen,

Francesco wäre, in einem solchen Taumel, der letzten Beherrschung seiner selbst verlustig gegangen und hätte, dem Mädchen zu Füßen fallend, den echten Schlag seines Herzens verraten.

Agata hatte bis diesen Tag, trotzdem sie in dem verrufenen Anwesen groß geworden war, den Unschuldstand einer Blume bewahrt. Ebensowenig als der Bergenzian waren ihre diesem gleichenden blauen Augensterne jemals im Tale, unten am See gesehen worden. Sie hatte den engsten Erfahrungskreis. Aber obgleich der Priester für sie eigentlich gar kein Mensch, viel eher ein Ding zwischen Gott und Mensch, eine Art fremder Zauberer war, erriet sie doch plötzlich und bekundete es durch einen erstaunten Blick, was Francesco verbergen wollte.

Die Kinder hatten den Ziegenbock, über Geröll empor, davongeführt. Dem Holzknecht war in Gegenwart des Priesters nicht wohl geworden. Er nahm den Topf vom Feuer und kletterte damit unter vielen Mühen wahrscheinlich zu einem Kameraden hinauf, der Lasten Reisig an einem unendlich langen Draht über einen Abgrund zur Tiefe hinabbeförderte. Mit einem schleifenden Geräusch zog jeweilen solch ein dunkles Bündel längs der Felsbastionen dahin, einem braunen Bären oder dem Schatten eines Riesenvogels nicht unähnlich. Übrigens schien es zu fliegen, da der Draht nicht sichtbar war. Als nach einem urkräftigen Jodler, der von den Zinnen und Bastionen des Generoso widerhallte, der Hirt dem Gesichtskreis entschwunden war, küßte Agata, gleichsam zerknirscht, dem Priester den Saum des Gewandes und dann die Hand.

Francesco hatte mechanisch über den Scheitel des Mädchens das Zeichen des Kreuzes gemacht, wobei seine Finger ihr Haar berührt hatten. Nun aber ging ein krampfhaftes Zittern durch seinen Arm, als ob ein Etwas mit letzter Kraft ein anderes Etwas in seiner Gewalt behalten wollte. Aber das angespannte, hemmende Etwas vermochte doch nicht zu verhindern, daß die segnende Hand sich langsam spreizte und mit ihrer Fläche dem Haupte der reuigen Sünderin näher und näher kam und plötzlich fest und voll darauf ruhte.

Feige sah sich Francesco rings um. Es lag ihm fern, sich etwa jetzt noch selbst zu belügen und die Lage, in der er war, mit den Obliegenheiten seines heiligen Amtes zu rechtfertigen, dennoch redete allerlei aus ihm von Beichte und Firmelung. Und die nahezu ungebändigte, sprungbereite Leidenschaft fürchtete so sehr die Möglichkeit, bei ihrer Entdeckung Entsetzen und Abscheu zu erregen, daß auch sie noch einmal feige unter die Maske der Geistlichkeit flüchtete.

»Du wirst zu mir hinunter in die Schule nach Soana kommen, Agata«, sagte er. »Dort wirst du lesen und schreiben lernen. Ich will dich ein Morgen- und ein Abendgebet lehren, ebenso Gottes Gebote und wie du die sieben Hauptsünden erkennen und vermeiden kannst. Wöchentlich wirst du dann bei mir beichten.«

Aber Francesco, der sich nach diesen Worten losgerissen hatte und, ohne sich umzublicken, bergabwärts gestiegen war, entschloß sich am nächsten Morgen, nach einer übeldurchwachten Nacht, selbst zur Beichte zu gehen. Als er einem tabakschnupfenden Erzpriester des nahen Bergstädtchens, Arogno mit Namen, seine Gewissensnöte, nicht ohne Versteckensspiel, eröffnete, ward er bereitwilligst absolviert. Es war eine Selbstverständlichkeit, daß sich der Teufel dem Versuche des jungen Priesters, verirrte Seelen in den Schoß der Kirche zurückzuleiten, entgegensetzte, besonders da das Weib für den Mann immer die nächste Gelegenheit zur Sünde sei. Nachdem Francesco dann mit dem Arciprete im Pfarrhaus gefrühstückt hatte und bei offenem Fenster, linder Luft, Sonne und Vogelsang manches offene Wort über den öfteren Widerstreit menschlicher mit kirchlichen Angelegenheiten gefallen war, gab sich Francesco der Täuschung hin, ein erleichtertes Herz davonzutragen.

Zu dieser Wandlung hatten wohl auch für ihren Teil einige Gläser jenes schweren, schwarzvioletten Weines beigetragen, den die Bauern Arognos kelterten und dessen der Pfaff einige Oxhofte voll besaß. Zu dem Kellergewölbe unter gewaltigen zartbelaubten Kastanien, wo dieser Reichtum auf Balken lagerte, gab sogar schließlich noch, nach beendeter Mahlzeit, der Priester dem Priester und Beichtkinde das Geleit, da er gewohnheitsgemäß um diese Zeit für den weiteren Tagesbedarf seinen mitgenommenen Fiasco zu füllen pflegte.

Kaum aber hatte Francesco seinem Beichtvater auf der blumigen, windbewegten Wiese vor der eisenbeschlagenen Pforte des Felsgewölbes Lebewohl gesagt, kaum hatte er, rüstig um eine Biegung des Weges davonschreitend, hügeliges Land genug, mit Baum und Gebüsch, zwischen sich und ihn gebracht, als er auch schon einen unerklärlichen Widerwillen gegen den Trost des Kollegen empfand und die ganze Zeit, die er mit ihm verbracht hatte.

Dieser schmuddlige Bauer, dessen abgenutzte Soutane und schweißiges Unterzeug einen widerlichen Geruch verbreitete, dessen schinniger Kopf und mit eingefressenem Schmutz bedeckte rauhe Hände bewiesen, daß Seife für ihn eine fremde Sache war, schien ihm vielmehr ein Tier, ja ein Klotz statt ein Priester Gottes zu sein. Die Geistlichen sind geweihte Personen, sagte er sich, wie die Kirche lehrt, die durch die Weihe übernatürliche Würde und Gewalt erhalten haben, so daß selbst Engel vor ihnen sich neigen. Diesen konnte man nur als eine Spottgeburt auf das alles bezeichnen. Welche Schmach, die priesterliche Allmacht in solche Rüpelhände gelegt zu sehen. Da doch Gott sogar solcher Allmacht unterliege und er durch die Worte »Hoc est enim corpus meum« unwiderstehlich gezwungen wird, auf den Meßaltar niederzusteigen.

Francesco haßte ihn, ja verachtete ihn. Dann wieder empfand er tiefes Bedauern. Aber endlich kam es ihm vor, als ob sich der stinkende, häßliche, unflätige Satan in ihn verkleidet hätte. Und er gedachte solcher Geburten, die mit Hilfe eines Inkubus oder eines Sukkubus zustande gekommen sind.

Francesco erstaunte selbst über solche Regungen seines Innern und über seinen Gedankengang. Sein Wirt und Beichtiger hatte, außer durch sein Dasein, kaum einen Anlaß dazu gegeben, denn seine Worte, auch über Tisch, waren durchaus getragen vom Geiste der Wohlanständigkeit. Aber Francesco schwamm bereits wiederum in einem solchen Gefühl von Gehobenheit, glaubte eine so himmlische Reinheit zu atmen, daß ihm, verglichen mit diesem geheiligten Element, das Alltägliche wie im Stande der Verdammnis festgekettet schien.

Der Tag war gekommen, an dem Francesco die Sünderin von der Alpe zum erstenmal im Pfarrhause zu Soana erwartete. Er hatte ihr aufgetragen, die Schelle unweit der Kirchtür zu ziehen, durch die man ihn in den Beichtstuhl rufen konnte. Aber es ging schon gegen die Mittagszeit, ohne daß die Schelle sich regen wollte, während er, immer zerstreuter werdend, einige halberwachsene Mädchen und Knaben im Schulzimmer unterrichtete. Der Wasserfall sandte sein Brausen, jetzt aufschwellend, jetzt absinkend, durchs offene Fenster herein, und die Erregung des Priesters wuchs, sooft es sich steigerte. Er war dann besorgt, womöglich das Läuten der Schelle zu überhören. Die Kinder befremdete seine Unruhe, seine Geistesabwesenheit. Am wenigsten entging es den Mädchen, deren irdische wie himmlische Sinne schwärmerisch an dem jungen Heiligen sich weideten, daß er mit der Seele nicht bei der Sache und also auch nicht bei ihnen war. Durch tiefen Instinkt mit den Regungen seines jugendlichen Wesens verknüpft, empfanden sie sogar jene Spannung mit, die es augenblicklich beherrschte.

Kurz vor dem Zwölfuhrglockenschlag entstand Gemurmel von Stimmen auf dem Dorfplatz, der mit seinen mailich sprossenden Kastanienwipfeln bis dahin still im Lichte der Sonne lag. Eine Menschenmenge näherte sich. Man hörte ruhigere, scheinbar protestierende männliche Kehllaute. Aber ein unaufhaltsamer Strom von weiblichen Worten, Schreien, Verwünschungen und Protesten überschwoll mit einemmal jene und dämpfte sie bis zur Unhörbarkeit. Dann trat eine bange Ruhe ein. Plötzlich schlugen ans Ohr des Priesters dumpfe Geräusche, deren Ursache im ersten

Augenblick unbegreiflich blieb. Man war im Mai, und doch klang es, als wenn im Herbst ein Kastanienbaum, unter der Wucht eines Windstoßes, Lasten von Früchten auf einmal abschüttelte. Platzend trommeln die harten Kastanien auf das Erdreich.

Francesco beugte sich aus dem Fenster.

Er sah mit Entsetzen, was auf der Piazza im Gange war. Er war so erschrocken, ja so bestürzt, daß ihn erst der ohrzerreißende, gellende Laut des Beichtglöckchens zur Besinnung brachte, an dem mit verzweifelter Hartnäckigkeit gerissen wurde. Und schon war er in die Kirche und vor die Kirchtür geeilt und hatte das Beichtkind – es war Agata – vom Zug der Klingel weg- und in die Kirche hineingerissen. Dann trat er vor das Portal hinaus.

So viel war klar: der Eintritt der Verfemten in den Ort war bemerkt worden, und geschehen, was in diesem Falle gewöhnlich war. Man hatte versucht, sie mit Steinen, wie jeden räudigen Hund oder wie man einem Wolfe getan hätte, aus dem Wohnbereich der Menschen zu jagen. Bald hatten sich Kinder und Mütter von Kindern zusammengetan und hatten das ausgestoßene, fluchbringende Wesen gehetzt, ohne sich durch die schöne Mädchengestalt irgendwie in der Annahme stören zu lassen, ihre Steinwürfe gälten einem gefährlichen Tier, einem Ungeheuer, das Pest und Verderben verbreite. Indessen hatte Agata, des priesterlichen Schutzes gewiß, sich von ihrem Ziel nicht abbringen lassen. So war das entschlossenen Mädchen, verfolgt und gehetzt, vor der Kirchtür angelangt, die jetzt noch von einigen geworfenen Steinen aus Kinderhänden getroffen wurde.

Der Priester hatte nicht nötig, die aufgeregten Gemeindeglieder durch eine Strafpredigt zur Besinnung zu bringen: sie verflüchtigten sich, sobald sie ihn sahen.

In der Kirche hatte Francesco der hochatmenden, stummen Verfolgten durch einen Wink bedeutet, mit ihm ins Pfarrhaus zu gehen. Auch er war erregt, und so hörten sich beide stoßweise atmen. Auf einem engen Treppchen des Pfarrhäuschens, zwischen weißgetünchten Mauern, stand die bestürzte, doch schon wieder ein wenig beruhigte Schaffnerin, um das gehetzte Wild zu empfangen. Man merkte ihr an, daß sie bereit zu helfen war, wenn es irgendwie not täte. Erst beim Anblick der alten Frau schien Agata sich des Demütigenden ihres augenblicklichen Zustands bewußt zu werden. Vom Lachen zum Zorn, vom Zorn zum Lachen übergehend, stieß sie starke Verwünschungen aus und gab so dem Priester Gelegenheit, wiederum ihre Stimme zu hören, die, wie ihm vorkam, voll, sonor und heroisch klang. Ihr war nicht bekannt, weshalb sie verfolgt wurde. Sie sah das Städtchen Soana etwa wie ein Nest von Erdwespen oder einen Ameisenhaufen an. So wütend und entrüstet sie war, kam es ihr doch nicht in den Sinn, über die Ursache einer so gefährlichen Bösartigkeit nachzudenken. Kannte sie doch diesen Zustand von Kindheit an und nahm ihn für einen nur natürlichen. Allein man wehrt sich auch gegen Wespen und Ameisen. Mögen es Tiere sein, die uns angreifen, wir werden durch sie, je nachdem, zum Haß, zur Wut, zur Verzweiflung empört und entladen die Brust, wiederum je nachdem, durch Drohungen, Tränen oder durch Regungen tiefster Verachtung. So tat auch

Agata, während ihr nun die Haushälterin die ärmlichen Lumpen zurechtzupfte, sie selber aber den staunenerregenden Schwall ihres rost- bis ockerfarbenen Haares, das sich im hastigen Lauf gelöst hatte, aufsteckte.

Wie nie zuvor litt der junge Francesco in diesem Augenblick unter dem Zwang seiner Leidenschaft. Die Nähe des Weibes, das wie eine wilde, köstliche Frucht in der Bergödenei zur Reife gediehen war, die berauschende Glut, die ihr erhitzter Körper ausströmte, der Umstand, daß die bis dahin ferne Unerreichliche jetzt die Enge der eigenen Wohnung umschloß, alles das brachte zuwege, daß Francesco die Fäuste ballen, die Muskeln spannen, die Zähne zusammenbeißen mußte, um nur in einer Verfassung aufrecht zu bleiben, die ihm das Hirn sekundenlang völlig verfinsterte. Wurde es hell, so war ein ungeheurer Aufruhr von Bildern, Gedanken und Gefühlen in ihm: Landschaften, Menschen, fernste Erinnerungen, lebendige Augenblicke der familiären und beruflichen Vergangenheit vermählten sich mit Vorstellungen der Gegenwart. Gleichsam fliehend von diesen, stieg süß und schrecklich eine unentrinnbare Zukunft empor, der er sich ganz verfallen wußte. Gedanken zuckten über dies Bilderchaos der Seele hin, unzählbar, ruhelos, aber ohnmächtig. Der bewußte Wille, erkannte Francesco, war in seiner Seele entthront, und ein anderer herrschte, dem nicht zu widerstehen war. Mit Grauen gestand sich der Jüngling: ihm war er auf Gnade und Ungnade ausgeliefert. Diese Verfassung glich der Besessenheit. Aber wenn ihn die Angst vor dem unvermeidlichen Sturz in das Verbrechen der Todsünde überkam, so hätte er gleichzeitig vor unbändigster Freude aufbrüllen mögen. Sein hungriger Blick sah mit nie gekannter, staunender Sättigung. Mehr: Hunger war hier Sättigung, Sättigung Hunger. Ihm schoß der verruchte Gedanke durch den Kopf, hier allein sei seine unvergängliche göttliche Speise, mit der das Sakrament gläubige Christenseelen himmlisch nährt. Seine Empfindungen waren abgöttisch. Er erklärte seinen Oheim in Ligornetto für einen schlechten Bildhauer. Und warum hatte er nicht lieber gemalt? Vielleicht konnte er selbst noch Maler werden. Er dachte an Bernardino Luini und sein großes Gemälde in der alten Klosterkirche des nahen Lugano und an die köstlichen, blonden, heiligen Frauen, die sein Pinsel dort geschaffen hat. Aber sie waren ja nichts, verglichen mit dieser heißen, lebendigsten Wirklichkeit.

Francesco wußte nun nicht sofort, was er beginnen sollte. Eine warnende Empfindung veranlaßte ihn zunächst, die Nähe des Mädchens zu fliehen. Allerlei Gründe, nicht alle gleich lauter, bewogen ihn, sogleich den Sindaco aufzusuchen und, ehe es andere tun konnten, von dem Geschehnis zu verständigen. Der Sindaco hörte ihn ruhig an – Francesco hatte ihn glücklicherweise zu Hause getroffen – und nahm in der Sache den Standpunkt des Priesters ein. Es war nur christlich und gut katholisch, die Mißwirtschaft auf der Alpe nicht einfach laufen zu lassen und sich des in Sünde und Schande verstrickten, verrufenen Volkes anzunehmen. Was aber die Dorfbewohner und ihr Verhalten betraf, so versprach er dagegen strenge Maßregeln.

Als der junge Priester gegangen war, sagte die hübsche Frau des Sindaco, die eine stille, schweigsame Art zu betrachten hatte:

»Dieser junge Priester könnte es wohl bis zum Kardinal, ja zum Papst bringen. Ich glaube, er zehrt sich ab mit Fasten, Beten und Nachtwachen. Aber der Teufel ist gerade hinter den Heiligen mit seinen höllischen Künsten her und mit den verborgensten Schlichen und Listen. Möge der junge Mann, durch Gottes Beistand, vor ihnen immer behütet sein.«

Viele begehrliche und auch böse Weiberaugen verfolgten Francesco, als er, mit so wenig wie möglich beschleunigtem Schritt, zurück zur Pfarre ging. Man wußte, wo er gewesen war, und war entschlossen, sich diese Pest von Soana nur mit Gewalt aufdrängen zu lassen. Aufrecht schreitende Mädchen, die, Holz auf dem Kopf tragend, ihm auf dem Platze nahe dem Marmorsarkophage begegneten, hatten ihn zwar mit unterwürfigem Lächeln gegrüßt, sich aber hernach schnöde angesehen. Wie im Fieber schritt Francesco dahin. Er hörte das Durcheinanderschmettern der Vögel, das schwellende und verhaltene Rauschen des ewigen Wasserfalls: aber es war ihm, als ob er die Füße nicht auf dem Boden hätte, sondern steuerlos in einem Wirbel von Lauten und Bildern vorwärtsgerissen wurde. Plötzlich fand er sich in der Sakristei seiner Kirche, dann im Schiff vor dem Hauptaltar, als er kniend die Jungfrau Maria um Beistand in den Stürmen seines Innern anflehte.

Allein seine Bitten waren nicht in dem Sinne gemeint, daß sie ihn von Agata befreien sollte. Ein solcher Wunsch hätte in seiner Seele keine Nahrung gehabt. Sie waren vielmehr ein Flehen um Gnade. Die

Mutter Gottes sollte verstehen, vergeben, womöglich billigen. Jäh unterbrach Francesco das Gebet und ward vom Altar fortgerissen, als ihm von ungefähr der Gedanke, Agata könne davongegangen sein, ins Bewußtsein schoß. Er fand das Mädchen indessen noch, und Petronilla leistete ihr Gesellschaft.

»Ich habe alles ins reine gebracht«, sagte Francesco. »Der Weg zur Kirche und zum Prieser ist frei für jedermann. Traue auf mich, das Geschehene wird sich nicht wiederholen.« Ihn überkam eine Festigkeit und Sicherheit, als ob er nun wieder auf rechtem Pfad und auf gutem Grund stünde. Petronilla wurde mit einem wichtigen kirchlichen Aktenstück auf die Nachbarpfarrei geschickt. Der Gang war leider unaufschiebbar. Im übrigen möge die Wirtschafterin dem Pfarrer über den Vorfall berichten. »Triffst du Leute, so sage ihnen«, betonte er noch, »daß Agata von der Alpe oben hier bei mir im Pfarrhaus ist und in den Lehren unsrer Religion, unsres geheiligten Glaubens von mir unterrichtet wird. Sie mögen nur kommen und es verhindern und sich die Strafe der ewigen Verdammnis aufs Haupt ziehen. Sie mögen nur einen Auflauf vor der Kirche machen, um ihre Mitchristin zu mißhandeln. Die Steine werden nicht sie, sondern mich treffen. Ich werde ihr mit Einbruch der Dunkelheit, und sei es auch bis zur Alpe hinauf, selbst das Geleit geben.«

Als die Haushälterin gegangen war, trat eine längere Stille ein. Das Mädchen hatte die Hände in den Schoß gelegt und saß noch auf dem gleichen, scheinbar zerbrechlichen Stuhl, den Petronilla für sie an die weißgetünchte Wand gerückt hatte. In Agatas Augen zuckte es noch, und die erlittene Kränkung spiegelte sich in Blitzen der Entrüstung und heimlichen Wut, aber ihr volles Madonnengesicht hatte mehr und mehr einen hilflosen Ausdruck angenommen, bis endlich ein stiller, ergiebiger Strom seine Wangen badete. Francesco, ihr den Rücken kehrend, hatte mittlerweile zum offenen Fenster hinausgeblickt. Während er seine Augen über die gigantischen Bergwände des Soanatales, von der schicksalsträchtigen Alpe an bis zum Seeufer, gleiten ließ und, mit dem ewigen Summen des Falles, Gesang einer einzelnen, schmelzenden Knabenstimme aus den üppigen Rebenterrassen drang, mußte er zögern zu glauben, daß er nun wirklich die Erfüllung seiner überirdischen Wünsche in der Hand hatte. Würde Agata, wenn er sich wendete, noch vorhanden sein? Und war sie zugegen, was würde geschehen, wenn er sich wendete? Müßte diese Wendung nicht entscheidend für sein ganzes irdisches Dasein, ja darüber hinaus entscheidend sein? Diese Fragen und Zweifel bewogen den Priester, die eingenommene Stellung so lange wie möglich innezuhalten, um noch einmal vor der Entscheidung mit sich ins Gericht oder doch wenigstens zu Rate zu gehen. Es handelte sich dabei um Sekunden, nicht um Minuten: doch in diesen Sekunden wurde ihm nicht nur, vom ersten Besuche Luchino Scarabotas an, die ganze Geschichte seiner Verstrikkung, sondern sein ganzes bewußtes Leben unmittelbar Gegenwart. In diesen Sekunden breitete sich eine ganz gewaltige Vision des Jüngsten Gerichtes mit Vater, Sohn und Heiligem Geist am Himmel über der Gipfelkante des Generoso aus und schreckte mit dem Gedröhn der Posaunen. Den einen Fuß auf dem Generoso, den andern auf einem Gipfel jenseits des Sees, stand, in der Linken die Waage, in der Rechten das bloße Schwert, furchtbar drohend der Erzengel Michael, während sich hinter der Alpe von Soana der scheußliche Satan mit Hörnern und Klauen niedergelassen hatte. Fast überall aber, wo der Blick des Priesters hinirrte, stand eine schwarzgekleidete, schwarzverschleierte, händeringende Frau, die niemand anderes als seine verzweifelte Mutter war.

Francesco hielt sich die Augen zu und preßte dann beide Hände gegen die Schläfen. Wie er sich dann langsam herumwandte, sah er das in Tränen schwimmende Mädchen, dessen purpurner Mund schmerzlich zitterte, lange mit einem Ausdruck des Grauens an. Agata erschrak. Sein Gesicht war entstellt, wie wenn es der Finger des Todes berührt hätte. Wortlos wankte er auf sie zu. Und mit einem Röcheln wie dem eines von unentrinnbarer Macht Besiegten, das zugleich ein wildes, lebensbrünstiges Stöhnen und Röcheln um Gnade war, sank er zerbrochen vor ihr ins Knie und rang gegen sie die gefalteten Hände.

Francesco würde seiner Leidenschaft vielleicht noch lange nicht in solchem Grade unterlegen sein, wenn nicht das Verbrechen der Dorfbewohner an Agata ihr ein namenloses, heißes menschliches Mitgefühl beigemischt hätte. Er erkannte, was diesem von Gott mit aphrodisischer Schönheit begabten Geschöpf in seinem ferneren Leben und in der Welt ohne Beschützer bevorstehen mußte. Er war durch die Umstände heute zu ihrem Beschützer gemacht worden, der sie vielleicht vom Tode durch Steinigung errettet hatte. Er hatte dadurch ein persönliches Anrecht auf sie erlangt. Ein Gedanke, der ihm nicht deutlich war, aber doch sein Handeln beeinflußte: unbewußt wirkend, räumte er allerlei Hemmungen, Scheu und Furchtsamkeit hinweg. Und er sah in seinem Geist keine Möglichkeit, seine Hand je wieder von der Verfemten abzuziehen. Er würde an ihrer Seite stehen, und stünde die Welt und Gott auf der anderen. Solche Erwägungen, solche Strömungen verbanden sich, wie gesagt, unerwartet mit dem Strome der Leidenschaft, und so trat dieser aus den Ufern.

Vorerst war sein Verhalten indessen noch nicht die Abkehr vom Rechten und die Folge eines Entschlusses zu sündigen: es war nur ein Zustand der Ohnmacht, der Hilflosigkeit. Warum er das tat, was er tat, hätte er nicht zu sagen gewußt. In Wahrheit tat er eigentlich nichts. Es geschah nur etwas mit ihm. Und Agata, die nun eigentlich hätte erschrecken müssen, tat dies nicht, sondern schien vergessen zu haben, daß Francesco ein ihr fremder Mann und ein Priester war. Er schien auf einmal ihr Bruder geworden. Und während ihr Weinen zum Schluchzen sich steigerte, ließ sie es nicht nur zu, daß der nun auch von trocknem Schluchzen Geschüttelte sie, wie zum Troste, umfing, sondern sie senkte ihr überströmtes Gesicht und verbarg es an seiner Brust.

Nun war sie zum Kinde geworden und er zum Vater, insoweit, als er sie in ihrem Leid zu beruhigen trachtete. Allein er hatte nie den Körper eines Weibes so nahe gefühlt, und seine Liebkosungen, seine Zärtlichkeiten waren bald mehr als väterlich. Deutlich empfand er zwar, wie in dem schluchzenden Weh des Mädchens etwas wie ein Bekenntnis lag. Sie wußte, das erkannte er, welcher häßlichen Liebe sie ihr Dasein verdanke, und schwamm darüber mit ihm im gleichen Leid. Ihre Not, ihre Schmerzen trug er mit ihr. So waren ihre Seelen geeinigt. Allein er hob bald ihr süßes Madonnengesicht zu dem seinen, indem er sie um den Nacken faßte und an sich zog, mit der Rechten die weiße Stirn zurückbiegend, und indem er daran, was er so gefesselt hielt, lange, mit dem Feuer des Wahnsinns im Auge, gierige Blicke weidete, schoß er plötzlich wie ein Falke auf ihren heißen, von Tränen salzigen Mund herab und blieb untrennbar mit ihm verschmolzen. – Nach Augenblicken irdischer Zeit, Ewigkeiten betäubender Seligkeit, riß Francesco sich plötzlich los und stellte sich fest auf beide Füße, auf seinen Lippen schmeckte er Blut –: »Komm«, sagte er, »du kannst nicht allein, ohne Schutz, nach Hause gehn, und also werde ich dich begleiten.«

Ein wechselnder Himmel lag über der Alpenwelt, als Francesco und Agata aus der Pfarrei schlichen. Sie bogen in einen Wiesenpfad, auf dem sie, zwischen Maulbeerbäumen, unter Rebengirlanden hindurch, ungesehen von Terrasse zu Terrasse abkletterten. Francesco wußte sehr wohl, was hinter ihm lag und welche Grenze jetzt überschritten war, Reue vermochte er nicht zu empfinden. Er war verändert, gesteigert, befreit. Die Nacht war schwül. In der lombardischen Ebene, schien es, zogen Gewitter umher, deren ferne Blitze fächerförmig hinter der Riesensilhouette der Berge aufstrahlten. Düfte des gewaltigen Fliederbusches unter den Fenstern des Pfarrhauses schwammen von dort mit dem vorüberkommenden sickernden

Wasser des Bachgeäders herab, vermischt mit kühlen und warmen Luftströmen. Die beiden Berauschten redeten nicht. Er stützte sie, sooft sie im Dämmer die Mauer zu einer tiefergelegten Terrasse abklommen, fing sie auch wohl mit den Armen auf, wobei ihre Brust an seiner pochte, sein durstiger Mund an ihrem hing. Sie wußten nicht, wo sie eigentlich hinwollten, denn aus der Tiefe der Schlucht der Savaglia führte kein Weg zur Alpe hinauf. Darüber indessen waren sie einig, daß sie den Aufstieg dorthin durch die Ortschaft vermeiden mußten. Aber es kam auch nicht darauf an, irgendein äußeres, irgendein fernes Ziel zu erreichen, sondern das nahe Erreichte auszugenießen.

Wie war doch die Welt bisher so schlackenhaft tot und leer gewesen, und welche Wandlung hatte sie durchgemacht. Wie hatte sie sich in den Augen des Priesters, und wie hatte er in ihr sich verwandelt. Getilgt und entwertet waren alle Dinge in seiner Erinnerung, die ihm bis dahin alles bedeutet hatten. Vater, Mutter sowie seine Lehrer waren wie Gewürm im Staube der alten, verworfenen Welt zurückgeblieben, während ihm, dem Sohne Gottes, dem neuen Adam, durch den Cherub die Pforte des Paradieses wieder geöffnet worden war. In diesem Paradies, darin er nun die ersten, verzückten Schritte tat, herrschte Zeitlosigkeit. Er fühlte sich nicht mehr als ein Mensch irgendeiner Zeit oder irgendeines Alters. Ebenso zeitlos war die nächtliche Welt um ihn her. Und da nun die Zeit der Verstoßung, die Welt der Verbannung und der Erbsünde hinter ihm lag vor der bewachten Pforte des Paradieses, empfand er auch nicht mehr die allergeringste Furcht vor ihr. Niemand da draußen konnte ihm etwas anhaben. Es lag nicht in der Macht seiner Oberen noch in der Macht des Papstes selbst, ihn auch nur am Genusse der geringsten Paradiesesfrucht zu verhindern noch ihm das geringste zu rauben von der ihm nun einmal gewordenen Gnadengabe höchster Glückseligkeit. Seine Oberen waren die Niederen geworden. Sie wohnten, vergessen, in einer verschollenen Erde des Heulens und Zähneklapperns. Francesco war nicht Francesco mehr, er war als erster Mensch soeben vom göttlichen Odem geweckt, als alleiniger Adam, alleiniger Herr des Gartens Eden. Es lebte kein zweiter Mann außer ihm in der Fülle der sündenlosen Schöpfung. Gestirne zitterten, himmlisch klingend, Glückseligkeit. Gewölke brummten wie schwelgerisch weidende Kühe, Purpurfrüchte strömten süße Entzückung und köstliche Labung aus, Stämme schwitzten duftendes Harz, Blüten streuten köstliche Würzen: allein dieses alles hing doch von Eva ab, die Gott als die Frucht der Früchte, die Würze der Würzen zwischen all diese Wunder gesetzt hatte, von ihr, die selber sein höchstes Wunder war. Aller Gewürze Duft, ihre feinste Essenz hatte der Schöpfer in Haar, Haut und Fruchtfleisch ihres Körpers gelegt, aber ihre Form, ihr Stoff hatten nicht ihresgleichen. Ihre Form, ihr Stoff waren Gottes Geheimnis. Die Form bewegte sich aus sich selbst und blieb gleich köstlich in Ruhe wie in Wandlung. Ihr Stoff schien aus dem gemischt, aus dem Lilienblätter und Rosenblätter gebildet werden, aber er war keuscher an Kühle und heißer an Glut, er war zugleich zarter und widerstandskräftiger. In dieser Frucht war ein lebendig pochender Kern, es hämmerten in ihr köstliche zuckende Pulse, und wenn man von ihr genoß, so schenkte sie je mehr und mehr um so köstlichere, ausgesuchtere Wonnen, ohne daß ihr himmlischer Reichtum dabei verlor.

Und was in dieser Schöpfung, diesem wiedergewonnenen Paradiese das Köstlichste war, konnte man wohl aus der Nähe des Schöpfers herleiten. Weder hatte hier Gott sein Werk vollendet und allein gelassen noch sich darin zur Ruhe gelegt. Im Gegenteil war die schaffende Hand, der schaffende Geist, die schaffende Macht nicht abgezogen, sie blieben im Werke schöpferisch. Und jeder von allen Teilen und Gliedern des Paradieses blieb schöpferisch. Francesco-Adam, soeben erst aus der Werkstatt des Töpfers hervorgegangen, fühlte sich als ein ringsumher Schaffender. Mit einer Entzückung, die außerweltlich war, spürte und sah er Eva, die Tochter Gottes. Es haftete noch an ihr die Liebe, die sie gebildet hatte, und der köstlichste aller Stoffe, den der Vater zu ihrem Leibe verwendete, hatte noch jene überirdische Schönheit, die durch kein Erdenstäubchen verunreinigt war. Aber auch diese Schöpfung bebte, schwoll und leuchtete noch von der himmlischen Glut tätiger Schöpferkraft und drängte, mit Adam zu verschmelzen. Adam wieder drängte nach ihr, um gemeinsam mit ihr in eine neue Vollkommenheit einzugehen.

Agata und Francesco, Francesco und Agata, der Priester, der Jüngling aus gutem Haus und das verfemte, verachtete Hirtenkind, waren das erste Menschenpaar, wie sie Hand in Hand auf nächtlichen Schleichwegen zu Tale kletterten. Sie suchten die tiefste Verborgenheit. Schweigend, die Seele von einem namenlosen Staunen erfüllt, mit einem Entzücken, das ihnen beiden fast die Brust sprengte, stiegen sie tiefer und tiefer in das köstliche Wunder der Weltstunde.

Sie waren bewegt. Die Begnadung, die Auserwählung, die sie auf sich ruhen fühlten, vermischte mit ihrem unendlichen Glück eine ernste Feierlichkeit. Sie hatten ihre Körper gefühlt, waren im Kuß verbunden gewesen, aber sie fühlten die unbekannte Bestimmung, der sie zuschritten. Es war das letzte Mysterium. Es war ebendas, warum Gott schuf und warum er den Tod in die Welt gesetzt, ihn gleichsam in Kauf genommen hatte.

So gelangte das erste Menschenpaar in die enge Schlucht hinab, die das Flüßchen Savaglia gesägt hatte. Sie war sehr tief, und nur ein wenig begangener Fußpfad führte am Rande des Bachbetts bis zu dem Wasserbecken hinauf, in das sich aus schwindelerregender Höhe das Bergwasser über die Felsstufe hinabstürzte. Noch in beträchtlicher Entfernung davon wurde der Bach in zwei Arme geteilt, die sich wieder vereinigten, durch ein kleines grünes Inselchen, das Francesco liebte und oft besuchte, weil es mit einigen jungen Apfelbäumen, die dort Wurzel geschlagen hatten, sehr lieblich war. Und Adam zog seine Schuhe aus und trug seine Eva dort hinüber. »Komm, oder ich sterbe«, sagte er mehrmals zu Agata. Und sie zertraten Narzissen und Osterlilien mit dem schweren, fast trunkenen Gang der Liebenden.

Auch hier in der Schlucht war es sommerwarm, wenngleich der rauschende Lauf des Baches Kühlung mitbrachte. Wie kurz war die Zeit, die seit dem Wendepunkte im Leben des Paares schon verflossen war, und wie weit war alles zurückgewichen, was vor dem

Wendepunkte lag. Der Bauer, dem das Inselchen angehörte, hatte sich, da es ziemlich entfernt von der Ortschaft lag, um gegen die Zufälligkeiten der Witterung einigermaßen gedeckt zu sein, eine Hütte aus Steinen, Reisern und Erde gefertigt, die ein leidlich regensicheres Laublager bot. Es war vielleicht diese Hütte, die Adam vorgeschwebt hate, als er mit Eva die Richtung zu Tal statt zu Berge nahm. Die Hütte schien zum Empfang der Liebenden vorbereitet. Hier schienen heimliche Hände von dem nahenden Feste der heimlichen Menschwerdung verständigt worden zu sein: denn es waren Gewölke von Licht um die Hütte, Gewölke von Funken, Leuchtkäfer, Glühwürmchen, Welten, Milchstraßen, die manchmal in Garben gewaltig aufstiegen, als wollten sie leere Welträume neu bevölkern. Sie quollen und schwebten so hoch durch die Schlucht, daß man Sterne des Himmels davon nicht mehr unterschied.

Obgleich sie es kannten, war dieses Schauspiel, war dieser schweigende Zauber für Francesco und die sündige Agata doch wunderbar, und ihr Staunen darüber hemmte sie einen Augenblick. Ist das die Stelle, dachte Francesco, die ich im Grunde doch, ahnungslos, was sie einmal für mich bedeuten würde, so oft gesucht und mit Wohlgefallen betrachtet habe? Sie schien mir ein Ort, um sich als Eremit vor dem Jammer der Welt dahin zurückzuziehen und entsagend in Gottes Wort zu versenken. Was sie wirklich ist, eine Insel im Strome Phrat oder Hiddekel, der heimlich-glückseligste Ort im Paradiese, hätte ich ihr nicht angesehen. – Und die mystischen, lohenden Funkengewölke, Hochzeitsbrände, Opferbrände, oder was es nun immer war, lösten ihn vollends von der Erde. Wenn er die Welt nicht vergaß, so wußte er, daß sie ohnmächtig vor den Toren des Gartens Eden lag, wie der siebenköpfige Drache, das siebenköpfige Tier, das aus dem Meer gestiegen ist. Was hatte er mit denen zu tun, die den Drachen anbeten. Mag er Gottes Hütte lästern. Sein Geifer erreicht ihre Stätte nicht. Nie hatte Francesco, nie hatte der Priester ein solches Nahesein bei Gott, ein solches Geborgensein in ihm, ein solches Vergessen der eignen Persönlichkeit gefühlt, und im Rauschen des Bergbachs schienen allmählich die Berge melodisch zu dröhnen, die Felszacken zu orgeln, die Sterne mit Myriaden goldner Harfen zu musizieren. Chöre von Engeln jubilierten durch die Unendlichkeit, gleich Stürmen brausten von oben die Harmonien, und Glocken, Glocken, Geläut von Glocken, von Hochzeitsglocken, kleinen und großen, tiefen und hohen, gewaltigen und zarten, verbreiteten eine erdrückend-selige Feierlichkeit durch den Weltenraum. – Und so sanken sie, ineinander verschlungen, auf das Laublager.

Keinen Augenblick gibt es, der verweilt, und wenn man auch mit angstvoller Hast solche der höchsten Wonne festhalten will – sosehr man sich müht, man findet dazu keine Handhabe. Sein ganzes Leben bestand, wie Francesco fühlte, aus Stufen zum Gipfel dieses nun gelebten Mysteriums. Wo sollte man künftig atmen, konnte man es nicht festhalten. Wie sollte man ein verdammtes Dasein ertragen, wenn man aus den Verzückungen seiner innersten Himmel wieder verstoßen war. Mitten im überirdischen Rausch des Genusses empfand der Jüngling mit stechendem Schmerz die

Vergänglichkeit, im Genuß des Besitzes die Qual des Verlustes. Es war ihm, als sollte er einen Becher des köstlichen Weines austrinken und einen ebenso köstlichen Durst löschen: der Becher aber wurde nie leer, während der Durst trotzdem nie gestillt wurde. Und der Trinkende wollte auch nicht, daß sich sein köstlicher Durst sättige noch daß der Becher leer würde: dennoch sog er mit gieriger Wut daran, gepeinigt, weil er nie auf den Grund kommen konnte.

Umarmt vom Rauschen des Baches, überflutet davon, umtanzt von Leuchtkäfern, ruhte das Paar im raschelnden Laub, während durchs Dach der Hütte die Sterne hereinblinzelten. Von allen Heimlichkeiten Agatas, die er wie unerreichliche Güter bewundert hatte, hatte er zitternd Besitz ergriffen. Er war in ihr offenes Haar hineingetaucht, er hing mit den Lippen an ihren Lippen. Aber sogleich ward sein Auge voll Neid gegen seinen Mund erfüllt, der ihm den Anblick des süßen Mädchenmundes geraubt hate. Und immer unfaßbarer, immer glühender, immer betäubender quoll aus den Geheimnissen ihres jungen Leibes Gückseligkeit. Was er nie zu besitzen gehofft hatte, wenn es ihm heiße Nächte vorspiegelten, das war nichts, gegen das gehalten, was er nun grenzenlos besaß.

Und während er schwelgte, ward er immer aufs neue ungläubig. Das Übermaß der Erfüllungen veranlaßte ihn immer aufs neue, unersättlich sich seines Eigentums zu versichern. Zum ersten Male fühlten seine Finger, seine bebenden Hände und Handflächen, seine Arme, seine Brust, seine Hüften das Weib. Und sie war für ihn mehr als das Weib. Ihm war, als habe er etwas Verlorenes, etwas Verscherztes, ohne das er ein Krüppel gewesen war und mit dem er sich jetzt zur Einheit verbunden hatte, wiedergefunden. War er von diesen Lippen, diesem Haar, diesen Brüsten und Armen jemals getrennt gewesen? Es war eine Göttin, es war kein Weib. Und es war überhaupt nichts, was für sich bestand: er wühlte sich in den Kern der Welt, und das Ohr unter die magdlichen Brüste gedrückt, hörte er glückselig schaudernd das Herz der Welt pochen.

Jene Betäubung, jener Halbschlaf kam über das Paar, wo die Wonnen der Erschöpfung in die Reize des wachen Fühlens und die Reize des wachen Fühlens in die Wonnen der Betäubung, des Vergessens übergehen: wobei Francesco jetzt in den Armen des Mädchens, jetzt Agata in seinen Armen entschlief. Wie seltsam und mit welchem Vertrauen hatte das scheue, verwilderte Mädchen sich unter den liebkosenden Zwang des Priesters gefunden, wie ergeben und glücklich diente sie ihm. Und wenn sie in seinen Armen entschlief, so war es mit dem beruhigten Lächeln, mit dem sich das Auge des gesättigten Säuglings im Arme und an der Brust der Mutter schließt. Francesco aber betrachtete, bestaunte und liebte die Schlummernde. Durch ihren Leib gingen Wellen von Zuckungen, wie es die Entspannung des Lebens mit sich bringt. Manchmal schrie das Mädchen im Traum. Aber immer war es das gleiche betörende Lächeln, wenn sie die schmachtenden Lider öffnete, und dann das gleiche Sterben in letzter Hingabe. Sooft der Jüngling entschlummerte, schien es ihm, als entwinde eine Macht ihm leise, leise den Körper, den er, mit ganzem Leibe fühlend, umschlungen hielt. Aber jedesmal folgte diesem kurzen Entwinden im Erwachen zuerst ein Fühlen von höchster, dankbar empfundener Süßigkeit: ein unnennbarer Traum mit einem seligen, wachen Empfinden des süßesten Wirklichen.

Das war sie, die Paradiesesfrucht, von dem Baume, der mitten im Garten stand. Er hielt sie mit ganzem Leibe umschlungen. Es war die Frucht von dem Baume des Lebens, nicht vom Baum der Erkenntnis des Guten und Bösen, mit der die Schlange Eva verführt hatte. Vielmehr war es jene, deren Genuß Gott gleichmachte. Erstorben war in Francesco jeder Wunsch nach einer höheren, einer andren Glückseligkeit. Auf Erden nicht und im Himmel nicht gab es Wonnen, die mit der seinen vergleichbar waren. Es gab keinen König, keinen Gott, den der Jüngling, wühlend im schwelgerischen Überfluß, nicht als darbenden Bettler empfunden hätte. Seine Sprache war zum Stammeln, zum stoßweisen Atmen herabgedrückt. Er sog den betörenden Hauch, der zwischen den offenen Lippen Agatas hervorströmte. Er küßte die Tränen der Wollust heiß von der Wimper, heiß von der Wange des Mädchens fort. Geschlossenen Auges, nur sparsam blinzelnd, genossen beide im anderen sich selbst, nach innen gerichteten Blicks, heißfühlend und hellfühlend. Aber das alles war mehr als Genuß, vielmehr etwas, was auszudrükken menschliche Sprache nicht hinreichend ist.

Francesco las pünktlich am Morgen die Frühmesse. Seine Abwesenheit war von niemand, seine Heimkunft nicht einmal von Petronilla bemerkt worden. Die Überstürzung, mit der er, sich flüchtig säubernd, zu den wartenden Ministranten in die Sakristei und an den Altar vor die harrende kleine Gemeinde sich begeben mußte, verhinderte, daß er zur Besinnung kam. Die Besinnung trat ein, als er wieder im Pfarrhaus, wieder in seinem Stübchen war, wo ihm die Wirtschafterin das übliche Frühstück vorsetzte. Aber diese Besinnung brachte nicht sogleich die Klarheit einer Ernüchterung. Vielmehr gab die alte Umgebung, der aufsteigende Tag dem Erlebten den Schein von etwas Unwirklichem, das wie ein vergangener Traum verblich. Aber hier war doch Wirklichkeit. Und obgleich sie jeden von Francesco jemals geträumten Traum an phantastischer Unglaubhaftigkeit überbot, konnte er sie dennoch nicht wegleugnen. Er hatte einen furchtbaren Fall getan, an diesem Umstand war nicht zu deuteln: die Frage hieß, ob eine Erhebung von diesem Sturz, diesem furchtbaren Sündenfall, überhaupt noch möglich war. Der Sturz war so tief und von einer solchen Höhe herab, daß der Priester daran verzweifeln mußte. Nicht nur im kirchlichen, auch im weltlichen Sinne stand dieser schreckliche Fall ohne Beispiel da. Francesco gedachte des Sindacos und wie er mit ihm über die mögliche Rettung der Verworfenen von der Alpe geredet hatte. Nun erst, heimlich, in seiner tiefen Erniedrigung erkannte er die ganze pfäffische Hoffart, den ganzen überheblichen Dünkel, der ihn damals gebläht hatte. Er biß die Zähne zusammen vor Scham, er krümmte sich gleichsam, wie ein eitler, entlarvter Betrüger, vor Entehrung, in nackter Hilflosigkeit. War er nicht eben noch ein Heiliger? Hatten nicht Frauen und Jungfrauen von Soana fast mit Abgötterei zu ihm aufgeblickt?

Und war es ihm nicht gelungen, den kirchlichen Geist der Ortschaft dermaßen zu heben, daß Messe hören und die Kirche besuchen sogar bei den Männern sich wieder einbürgerte? Nun war er zum Verräter an Gott, zum Betrüger und Verräter an seiner Gemeinde, zum Verräter an der Kirche, zum Verräter an seiner Familienehre, zum Verräter an sich selbst, ja sogar zum Verräter an den verachteten, verworfenen, verruchten und erbärmlichen Scarabotas geworden, die er unter dem Vorwand, ihre Seelen zu retten, erst recht in die Verdammnis verstrickt hatte.

Francesco dachte an seine Mutter. Sie war eine stolze, fast männliche Frau, die ihn als Kind mit fester Hand beschützt und geführt und deren unbeugsamer Wille auch die Bahn seines künftigen Lebens vorgezeichnet hatte. Er wußte, daß ihre Härte gegen ihn nichts als glühende Mutterliebe war und daß sie durch die geringste Trübung der Ehre ihres Sohnes in ihrem Stolze aufs schwerste verletzt, durch eine ernste Verfehlung des Sohnes aber im Sitz des Lebens unheilbar verwundet werden mußte. Seltsam, wie im Zusammenhange mit ihr das wirklich Geschehene, nahe und deutlich Durchlebte nicht einmal auch nur ausgedacht werden konnte.

Francesco war in den ekelhaftesten Schlamm hinabgesunken, in den Unflat letzter Verworfenheit. Er hatte darin seine Weihen als Priester, sein Wesen als Christ wie als Sohn seiner Mutter, ja als Mensch überhaupt zurückgelassen. Der Werwolf, das stinkende, dämonische Tier, würde in der Meinung der Mutter, in der Meinung der Menschen überhaupt, sofern sie von dem Verbrechen Kenntnis gehabt hätten, einzig übriggeblieben sein. Der Jüngling fuhr von dem Stuhl empor und von dem Brevier auf dem Tisch, in das er sich zum

Scheine vertieft hatte. Es war ihm gewesen, als wenn Hagel von Steinen wider das Haus prasselten: nicht in der Art wie am Tage zuvor, bei dem Versuch einer Steinigung, sondern mit hundert-, mit tausendfachen Kräften. So, als sollte das Pfarrhaus vertilgt oder mindestens in einen Schutthaufen umgewandelt und er als ein giftiges Krötengereck darunter begraben werden. Er hatte seltsame Laute gehört, furchtbare Schreie, rasende Zurufe und wußte, daß unter den Wütenden, die unermüdlich Steine schleuderten, nicht nur ganz Soana, der Sindaco und die Frau des Sindacos, sondern auch Scarabota und seine Familie und sogar allen voran seine Mutter war.

Aber schon nach Stunden hatten ganz andere Phantasien und ganz andere Regungen solche abgelöst. Alles, was aus der Einkehr, aus dem Entsetzen über die Tat, aus der Zerknirschung geboren war, schien jetzt niemals vorhanden gewesen. Eine nie gekannte Not, ein brennender Durst dörrte Francesco aus. Sein Inneres schrie, wie jemand, der sich im glühenden Wüstensande verschmachtend wälzt, nach Wasser schreit. Die Luft schien ohne jene Stoffe zu sein, die man braucht, um zu atmen. Das Pfarrhaus wurde dem Priester zum Käfig, zwischen dessen Wänden er mit schmerzenden Knien, ruhelos wie ein Raubtier, schritt, entschlossen, falls man ihn nicht befreie, lieber, als so weiter zu leben, den Schädel im Anlauf gegen die Mauer zu zerschmettern. Wie ist es möglich, als Toter zu leben? fragte er sich, indem er Bewohner des Dorfes durchs Fenster beobachtete. Wie mögen sie oder wie können sie atmen? Wie tragen sie, da sie doch das nicht kennen, was ich genossen habe und nun entbehre, ihr erbärmliches Sein? Und Francesco wuchs in sich. Er sah auf Päpste, Kaiser, Fürsten und Bischöfe, kurz, auf alle Leute herab, wie sonst Menschen auf Ameisen. Selbst in seinem Durst, seinem Elend, seiner Entbehrung tat er das. Freilich, er war nicht mehr Herr seines Lebens. Eine übermächtige Zauberei hatte ihn zu einem vollständig willenlosen und, ohne Agata, vollständig leblosen Opfer des Eros gemacht, des Gottes, der älter und mächtiger ist als Zeus und die übrigen Götter. Er hatte in den Schriften der Alten gelesen und dergleichen Zauberei und diesen Gott und beides geringgeschätzt mit einem Lächeln. Jetzt fühlte er deutlich, daß sogar an einen Pfeilschuß und eine tiefe Wunde gedacht werden mußte, mit der, nach Meinung der Alten, der Gott das Blut seiner Opfer vergiftete. Diese Wunde brannte, bohrte, flammte, fraß und nagte ja in ihm. Er fühlte furchtbar stechende Schmerzen – bis er sich bei Dunkelwerden, innerlich gleichsam schreiend vor Glück, auf den Weg nach derselben kleinen Weltinsel begab, die ihn gestern mit der Geliebten vereint und wo er seine neue Begegnung mit ihr verabredet hatte.

Der Berghirt Ludovico, den Bewohnern der Umgegend als »Ketzer von Soana« bekannt, schwieg, als er bis zu der Stelle seines Manuskriptes, wo es abbricht, gelesen hatte. Der Besucher hätte die Erzählung gern bis zu Ende gehört. Als er indessen den Wunsch zu äußern so freimütig war, eröffnete ihm sein Wirt, daß seine Handschrift nicht weiter reiche. Er war auch der Ansicht, die Geschichte könne, ja müsse hier abreißen. Der Besucher war dieser Meinung nicht.

Was wurde aus Agata und Francesco, aus Francesco und Agata? Blieb die Sache geheim, oder war sie entdeckt worden? Fanden die Liebenden auf die Dauer oder flüchtig Gefallen aneinander? Erfuhr die Mutter Francescos von der Angelegenheit? Und endlich wollte der Hörer wissen, ob eine wirkliche Begebenheit der Erzählung zugrunde liege oder ob sie durchaus nur Dichtung sei.

»Ich sagte schon«, erwiderte Ludovico, sich ein wenig verfärbend, »daß ein wirklicher Vorfall den Anlaß für mein Geschreibsel gegeben hat.« Er schwieg hierauf eine lange Weile. »Man hat«, fuhr er später fort, »vor etwa sechs Jahren einen Geistlichen mit Stockschlägen und Steinwürfen, buchstäblich genommen, vom Altar fort aus der Kirche gejagt. Es wurde mir jedenfalls, als ich von Argentinien nach Europa zurück und in diese Gegend kam, von so vielen Leuten erzählt, daß ich an dem Geschehnis selbst nicht zweifle. Auch haben die blutschänderischen Scarabotas, allerdings nicht unter diesem Namen, hier am Generoso gelebt. Der Name Agata ist erfunden, ich nahm ihn einfach von dem Kapellchen Sant' Agata, über dem, wie Sie sehen, noch immer die braunen Fischräuber kreisen. Aber die Scarabotas haben wirklich unter anderen Sündenfrüchten eine erwachsene Tochter gehabt, und der Priester ist eines unerlaubten Umgangs mit ihr bezichtigt worden. Er hat, wie man sagt, die Sache nicht abgeleugnet, auch nie die geringste Reue gezeigt, und der Papst hat ihn, behauptet man, deshalb exkommuniziert. Die Scarabotas mußten die Gegend verlassen. Sie sollen – die Eltern, nicht die Kinder! – in Rio am gelben Fieber gestorben sein.«

Der Wein und die Erregung, die durch Ort, Stunde, Gesellschaft und besonders durch das gelesene Gedicht, verbunden mit allerlei mystischen Umständen, im Hörer hervorgerufen war, machte diesen noch weiter zudringlich. Er fragte wieder nach dem Schicksal Francescos und Agatas. Darüber konnte der Hirt nichts aussagen. »Sie sollen nur lange Zeit ein Ärgernis der Gegend gewesen sein, indem sie die überall verstreuten einsamen Heiligtümer entweihten und schändeten und zu Asylen ihrer verruchten Lust mißbrauchten.« Bei diesen Worten brach der Anachoret in ein gänzlich unvermitteltes, lange nicht einzudämmendes, lautes und freies Gelächter aus.

Gedankenvoll und seltsam bewegt trat der Übermittler dieses Reiseabenteuers den Heimweg an. Sein Tagebuch enthält Schilderungen dieses Abstiegs, die er hier jedoch nicht einrücken will. Die sogenannte blaue Stunde, die eintritt, wenn die Sonne unter den Horizont gesunken ist, war jedenfalls damals besonders schön. Man hörte den Fall von Soana rauschen. Ganz so hatten ihn Francesco und Agata rauschen gehört. Oder hörten sie am Ende jetzt noch sein Getön, und zwar in demselben Augenblick? Lag dort nicht der Scarabotasche Steinhaufen? Hörte man nicht Laute fröhlicher Kinder, untermischt mit dem Blöken der Ziegen und Schafe, von dort? Der Wanderer fuhr sich übers Gesicht, wie wenn er einen verwirrenden Schleier abstreifen wollte: war die kleine Erzählung, die er gehört hatte, wirklich, wie eine winzige Enzianblume oder dergleichen, auf einer Matte dieser Bergwelt gewachsen, oder war dieses herrliche, urgewaltige Gebirgsrelief, diese erstarrte Gigantomachie aus dem Rahmen der kleinen Novelle hervorgegangen? Dies und Ähnliches dachte er, als sein Gehör vom sonoren Klang einer singenden Frauenstimme berührt wurde. Es hieß ja, der Anachoret sei verheiratet. Die Stimme trug, wie in einem weiten, akustischen Saal, wenn die Menschen den Atem anhalten, um nur zu lauschen. Auch die Natur hielt den Atem an. Die Stimme schien in der Felswand zu singen. Manchmal wenigstens flutete sie, in weiten Schwingungen voll süßesten Schmelzes und feurigen Adels, gleichsam von dort heraus. Allein die Sängerin kam, wie sich zeigte, von ganz entgegengesetzter Richtung den Pfad zum Würfel Ludovicos heraufgestiegen. Sie trug ein Tongefäß auf dem Kopf, das sie mit der erhobenen Linken ein wenig hielt, während sie mit der Rechten ihr Töchterchen führte. Dadurch nahm die volle und doch schlanke Gestalt jene grade, köstliche Haltung an, die so feierlich, ja erhaben anmutet. Irgendeine Vermutung schoß dem Beschauer bei diesem Anblick, wie eine Erleuchtung, durch die Seele.

Wahrscheinlich war er nun entdeckt worden, denn plötzlich verstummte der Gesang. Man sah die Steigende näher kommen, voll vom Glanze der westlichen Himmelshälfte getroffen. Man vernahm das Kind – die Mutter mit ruhiger, tiefer Stimme antworten. Dann hörte man, wie die nackte Sohle des Weibes klatschend die roh behauenen Stufen trat. Der Last wegen mußte man fest und sicher aufteten. Für den Wartenden waren die Augenblicke vor dieser Begegnung von einer nie gefühlten Spannung und Rätselhaftigkeit. Die Frau schien zu wachsen. Man sah das hochgeschürzte Kleid, sah bei jedem Schritte ein Knie sich flüchtig entblößen, sah nackte Schultern und Arme hervortreten, sah ein rundes, frauenhaftes, trotz stolzen Selbstbewußtseins holdes Gesicht, das von starkem Haarwuchs, wie von rotbrauner Erde, urwesenhaft umgeben war. War das nicht die Männin, die Menschin, die syrische Göttin, die Sünderin, die mit Gott zerfiel, um sich ganz dem Menschen, dem Manne zu schenken?

Der Heimkehrende war beiseite getreten, und die leuchtende Kanephore schritt, seinen Gruß der Last wegen fast unmerklich erwidernd, an ihm vorbei. Sie wandte beide Augen nach ihm, indes der Kopf geradeaus gerichtet blieb. Über das Antlitz glitt dabei ein stolzes, ein selbstbewußtes, ein wissendes Lächeln. Dann senkte sie den Blick wiederum auf den Weg, während gleichzeitig ein überirdisches Funkeln durch ihre Wimpern zu sprühen schien. Der Beschauer war vielleicht durch die Hitze des Tages, den Wein und alles sonst noch Erlebte überhitzt, aber das ist gewiß: er fühlte vor diesem Weibe sich ganz, ganz klein werden. Diese vollen, in aller betörenden Süße fast höhnisch gekräuselten Lippen wußten, es gab gegen sie keinen Widerspruch. Es gab keinen Schutz, keine Waffe gegen den Anspruch dieses Nackens, dieser Schultern und dieser von Lebenshauchen beseligten und bewegten Brust. Sie stieg aus der Tiefe der Welt empor und stieg an dem Staunenden vorbei – und sie steigt und steigt in die Ewigkeit, als die, in deren gnadenlose Hände Himmel und Hölle überantwortet sind.

Ullstein Moderne Klassiker

Gottfried Keller

Pankraz, der Schmoller/Romeo und Julia auf dem Dorfe (23512)

Frau Regel Amrain und ihr Jüngster (23626)

Hermann Löns

Mein grünes Buch (23325)

Dahinten in der Heide (23485)

Mein grünes Brevier (23762)

Mümmelmann (23897)

Eugenie Marlitt

Schulmeisters Marie/Die zwölf Apostel (23414)

Das Geheimnis der alten Mamsell (23447)

Die Frau mit dem Karfunkelstein (23611)

Guy de Maupassant

Ein Leben (23500)

Die Brüder Pierre und Jean (23656)

Nietzsche-Lesebuch

hrsg. von Jost Perfahl (23088)

Wilhelm Raabe

Die Chronik der Sperlingsgasse (23759)

Peter Rosegger

Als ich noch der Waldbauernbub war (23412)

Spaziergänge in der Heimat (23579)

Die Schriften des Waldschulmeisters (23758)

Mary Shelley

Frankenstein (23568)

Friedrich Sieburg

Gott in Frankreich? (23655)

Adalbert Stifter

Der Nachsommer I (23418)

Der Nachsommer II (23419)

Brigitta (23499)

Theodor Storm

Der Schimmelreiter (23415)

Pole Poppenspäler/Hans und Heinz Kirch (23472)

Ludwig Tieck

Der junge Tischlermeister (23761)

Mark Twain

Durch Dick und Dünn (23757)

Jules Verne

Onkel Robinson (23369)

Ernst Wiechert

Die Jeromin-Kinder (23384)

Das einfache Leben (23484)

Wälder und Menschen (23627)

Jahre und Zeiten (23673)